אתגר קרת
קנלר וסיפורים אחרים
הקייטנה של

エトガル・ケレット
クネレルのサマーキャンプ

Etgar Keret

Kneller's Happy Campers
and Other Stories

母袋夏生＝訳

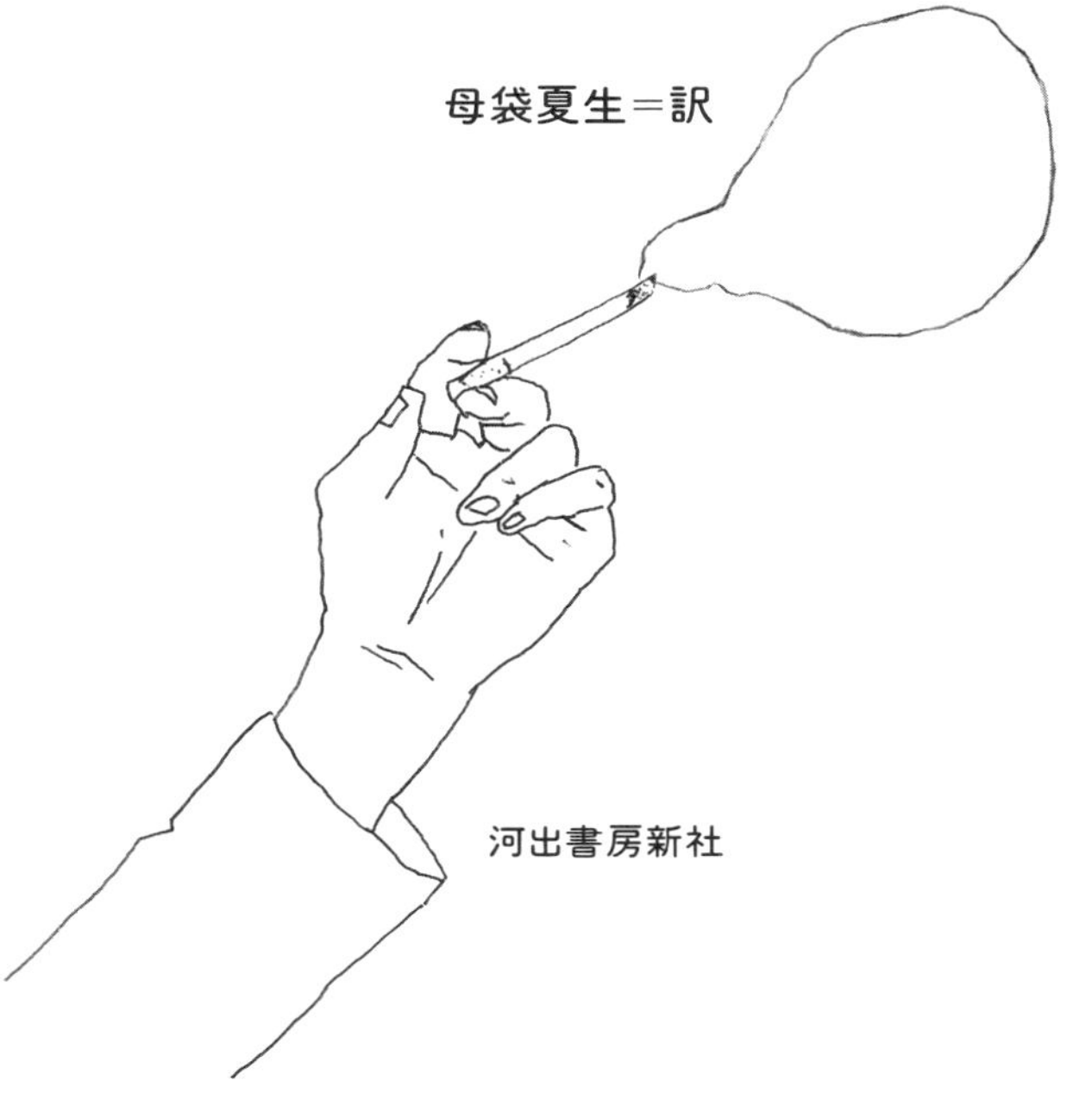

河出書房新社

クネレルのサマーキャンプ　目次

クネレルのサマーキャンプ

クネレルのサマーキャンプ

オレの葬式で彼女は泣いてくれたと思う。自惚《うぬぼ》れるつもりはないが、ほとんど信じてさえいる。たまに、近しく思う男にオレのことを、オレの死のことを話してる彼女を想像する。どうやって墓穴に下ろしたかとか、いかれたチョコバーみたいに、ちっぽけで哀れだったとか。二人にはチャンスがほんとになかったとか。それから男は彼女とセックスをする、慰めに満ちみちたのを。

1　ハイム、仕事を見つける

自殺して二日後、ここで、「ピッツェリア・カミカゼ」というチェーン店の仕事を見つけた。シフトの責任者はいい奴で、他店勤務のドイツ人と同居のアパートも紹介してくれた。仕事はたいしたことないが、一時しのぎとしちゃ悪くない。ここじゃ、なぜか死後の生についてばかり話しているが、そういう、あるようなないようなことを、オレは考えたことがなかった。だが、超音波探知機みたいな音を思い浮かべたり、人間が宙を舞ってるなんて世界を想像していたのは確かで、ここにいると、なぜか、テルアビブを思いだす。同居のドイツ男は、フランクフルトそっくりだという。フランクフルトもひでえとこらしい。夜、感じのいいパブ、「バー・ミノン」を見つけた。音楽もなかなかだ。最新ってわけじゃないだろうが、センスがあるし、女が群れないで一人でやってくる。なかには、始末のつけ方がくっきりして、リストカットのあとやなんかが見えるのもいるし、傷なしの上等なのもいる。ここでのはじめての夕べ、美女がオレに流し目をくれた。水死だったんだろう、ちょっとむくんでるがスタイル満点で、きれいな目をしたなかなかの女だった。だが、オレは何もしなかった。エルガのせいだ、と自分に向かってつぶやいた。死んでから、いっそう彼女が好きになってるが、でもな、オレって単純にイカレてるだけかも。

2　ハイム、本物の友に会い、ビリヤードで負ける

アリ・ゲルファンドとは「バー・ミノン」でたまたま知りあった。やたらと友好的で、ビールをおごってくれたんで焦ったが、オレに気があるわけじゃない、退屈しのぎなんだってすぐわかった。オレよりいくつか年上で、ちょっと禿《は》げあがっていて、こめかみの右側に弾を撃ち込んだ

穴があり、こめかみの左側の、弾が出た穴は、右側よりよほどでかくて、目立っている。「ダムダム弾でやっちまったのさ、まあな」ダイエットコーラを飲みながら傷あとをチラ見してる娘二人に、アリはウィンクし、「だからって、どうってことないけどさ」といった。その二人の娘がイカレたブロンド男と出ていくと、オマエがあの娘たちの連れだと思って話しかけたんだ、とアリはいい、自己憐憫《じこれんびん》と欲求不満からなのか、カウンターにちょっと頭突きした。「オマエに紹介してもらったとしても、いずれブロンド男になびくんだもんな。いくら知りあったって、どっかでブロンド男にさらわれちまう。そういうもんさ。だからって、オレのことを暗い奴だなんて思うなよ。そりゃ、ちっとはがっかりするが、暗くはならん」もう四杯ビールを飲んで、ビリヤードをしに行った。アリの話によると、オレのアパートの近くに、両親と弟と住んでいるそうで、それって珍しいことだ。ここじゃたいてい一人暮らしか、女と一緒か、オレみたいに同居人と住んでいる。アリの両親は、彼より五年ほど前に自殺したという。母親はなんかの病気が重くなり、父親は一人で残されたくなかったのだ。アリの弟もつい最近、新兵訓練期間中に自分を撃ち抜いて、ここに来たそうだ。「こういっちゃまずいんだろうが」アリは笑いをうかべて、黒玉を左ポケットに入れた。「だけど、弟が来て、オレたちすごくうれしかった。あのときの親父を見せたかったな。五キロのハンマーで足を打たれたってまばたき一つしないような親父が、弟を抱きしめて、ホント、赤ん坊みたいに泣きじゃくってさ」

3　クルトは泣きだし、ハイムはぐったりする

　アリと知りあってから、毎晩、つるんでパブをハシゴした。ここにはパブが三軒ほどあり、オレたちは何も見逃さないようキチンと全部まわったが、シメはいつも「バー・ミノン」だった。いちばんまともだったし、いちばん遅くまで開いていたからだ。だが、昨夜はうんざりだった、アリがクルトという男を連れてきたせいだ。どっか有名なバンドのリーダーだったとかで、アリはすごく尊敬してるが、じつのとこはひどくねちっこい奴だ。オレだって、ここにそんなに満足しちゃいないが、そいつは愚痴《ぐち》ってばかりで、口をひらけば、ああだこうだとしつこいし、引き止めてもらえないなんてボクはツイてない、なんて抜かす。話題をすぐ、昔そいつが書いたという詩にもってくし、すぐ暗誦したがったり、詩句に感嘆してもらいたがるし、ときには、自分の歌をかけてくれなんてバーテンダーに頼んだりすると、もうほんと、身の置きどころがなくなる。じっさい、オレだけじゃなくて、アリ以外の全員がそいつを嫌ってる。思うに、自分にケリをつけたあと、痛いとかそういうことをひっくるめて――マジ、どんなにつらくて痛いか想像もつかないだろうが――いかに自分が不幸かを歌うことしか考えないような奴なんてほっとけばいい。そういうことしか考えられないとしたら、ニック・ケイヴの鬱陶《うっとう》しいポスターをベッドの上に貼ってまだ生きてるってことだ、ここに来るかわりに。だけど、ほんとのとこ、クルトのせいだけじゃなくて、昨日は気が滅入っていた。ピッツェリアの仕事にも、こうして飲み歩くのにも、す

べてに嫌気がさしていた。毎晩、同じ顔ぶれで気の抜けたコーラを飲んで、あいつらに目をのぞき込まれても、ちょっと見られてるぐらいにしか感じられないなんてさ。なんかオレは否定的かもしれないが、だけど、あいつらを見たら、あいつらがいちばんクールなとき、笑ったり、キスしたり、踊ったりしているときだって、あいつらはそんなふうなんだ。まるっきりたいしたことない、どうってことない、って感じなんだ。

4　ゲルファンド家での晩餐《ばんさん》

金曜日の安息日の晩餐にアリ・ゲルファンド家に招待された。「八時だ、遅れるなよ。煮込み料理《チョレント》がでるぞ」ゲルファンド家はポーランド風の造りで、アリの親父さんが手作りした木の棚があり、壁には地獄スプレーが吹きつけてあった。ほんといえば、招待に気が乗らなかった。なぜかわからないが、オレが悪い影響を与える、とたいていの親は思いこむ。はじめてエルガの家の晩餐に招かれたときのことを思いだす。食事のあいだずっと、親父さんはじろじろとオレのアラ探しをし、デザートになってから、ついでだがのふりで、娘をヤクに誘って堕落させるつもりか、と探りを入れてきた。「わかってる」と、逮捕寸前の私服警官の笑いをオレに向けた。「わたしにも若いときがあった。パーティに行って、ちょっと踊り、盛りあがったら小部屋に誘って、マリーナをすすめる」「マリファナです」「どう呼ぼうと……いいか、ハイム、手口はお見通しだぞ」

といった。さいわい、ゲルファンド家の子どもらはイカレすぎていたので、親に心配のタネは残っていなかった。一家はオレが訪ねたのをすごく喜んでくれ、やたらと料理をすすめてきた。家庭料理のいいとこは、説明しづらいが、なんかこう一期一会的な、胸にグッとくる点にある。胃袋も、代金を払わなくていい、愛情たっぷりの料理がちゃんとわかってるみたいでもある。ピッツァの山や中華料理やテイクアウトばかりだったオレの胃袋は感謝の表現を心得ていて、胸のほうに定期的に熱い波を送ってかえした。「おふくろの得意料理なんだ」アリはフォークとナイフをもったまま、小柄なおふくろさんを抱きしめた。大好きだ、という思いがこもった抱きしめ方だ。アリのおふくろさんは笑って、もう少し腸詰《キシユカ》め料理をどう、と聞き、親父さんはここぞとばかりに古くさいジョークを披露した。一瞬、両親が恋しくなった。こういう気遣いって、死ぬ前のオレだったら、キレちまってた。

5　ハイム、ゲルファンド家の次男ラアナンと後片づけをする

食後、サロンに移ってゲルファンド一家とくつろいだ。アリの親父さんはテレビのくだらないトーク番組を見て、ずっとゲスト連中をこきおろしていた。食事中にワインをほぼ一本空けたアリは、ソファでうとうとしている。オレは退屈だったから、おふくろさんが、いいのいいの、といったが、後片づけをアリの弟のラアナンと買ってでた。ラアナンが食器を洗ってオレが拭いた。

ここで、うまくいってるのか、とラアナンに聞いてみた。最近ケリをつけたって聞いてたし、ここに来ると、たいていなんとなくショックを受けるからだ、少なくとも最初のうちは。ラアナンは肩をすくめて、うまくいってると思うといい、「アリがいなかったら、もっとずっと前に、ここに来てた」といった。食器を拭いて棚に片づけた。ラアナンが、ちょっと変わった話をした。いつだったか、ラアナンが十歳かそこらだったころ、一人で乗り合いタクシーに乗って、サッカーのマカビー対ポエル戦を見に行った。ラアナンは帽子やマフラーまでそろえるほどマカビーの追っかけだったが、相手のポエルはパスが二回も続かないほど試合運びが下手だった。と、試合終了の八分前にポエルがオフサイドポジションからゴールを決めた。その後、テレビで何度も話題になるような、目立つプレイだった。マカビーの選手は抗議しようとしたが、審判はその場でオーケーをだした。ポエルが勝ち、ラアナンはショックを受け、意気消沈して帰宅した。そのころ、アリは兵役では戦闘部隊に志願しようと日々鍛錬していて、そういう兄貴にあこがれていたラアナンは、縄跳びのなわで輪っかをつくり、アリが中庭に設置した鉄棒にその輪っかを吊るした。それから、ちょうど高校卒業資格試験かなんかの勉強をしていたアリを呼んで、ゲームのことやゴールのことや不正のことなんかを話した。それから鉄棒に結んだ輪っかを見せ、自分の好きなチームがこんな馬鹿げた不正で負けるような不公平な世の中では生きていたくない、といった。これまで見知ってきた人のなかではアリはいちばん賢いから、もしかしたら生きる意味を教えてくれるかもしれない、そうじゃなきゃ終わりにする、と。ラアナンがしゃべっているあいだ、アリはひとことも口をきかなかったし、いい終えた後も、何かいってくれてもいいのに黙りこくったままで、口をきくかわりに一歩踏みだすと、ラアナンをひっぱたいた。二メートルも吹っ飛ぶほどの平手打ちで、そのままアリは踵《きびす》をかえして試験勉強に戻っていった。吹っ飛ばされたラアナンは、気を取り直すまでちょっとかかったが、起きあがると輪っかをはずして元の場所に戻し、シャワーを浴びた。そのときから、生きる意味についてずっとアリと話すようになった。「平手打ちで何を教えたかったのか、ちゃんとはわからないけど」ラアナンは笑ってタオルで手を拭いた。「はっきりしてるのは、新兵訓練のときまでは効き目があった」

6　ハイム、出歩かなくなり、頭がおかしくなる

ほとんど二週間、夜遊びに出かけていない。アリはしょっちゅう、飲もうぜ、クルト抜きでさ、イカした娘がいる、と電話してくる。いまのとこ、オレは乗らない。アリは三日に一度は夜明けの三時ごろやってきて、冷蔵庫のビールを飲み、おもしろいことがあったのに来なくて惜しかったなとか、もうちょっとでウェイトレスを引っかけられそうだったなんて、まるで、病欠した子に授業の様子を伝えるみたいにこと細かに話し、帰る前には、シメにエスプレッソを一杯どうだ、と誘う。オレは昨日、もう出歩きたくないといった。セクシー娘とかいっても結局は何も起きないし、うんざりするだけだといった。「いつもはうんざりしてないみたいだな」と、アリはねばった。「自分をよく見ろ。毎朝、テレビの前で、ヒヒかなんかみたいに眠り込んでてさ。ハイム、

いいか、何も起きないのは自明の理だ。だけど、何も起きないなら、イカした娘や酒や音楽があったほうがいいだろ、な？」

アリが帰ってから、同居人のドイツ人から借りた本をもう一度読もうとした。結核にかかった男がイタリアのどこかを瀕死《ひんし》で旅する、なんか滅入る話だ。二十三ページ目で降参して、テレビをつけた。同じ日に人生を終えた人たちが集まっておしゃべり大会をしていて、なぜ死んだのか、この大会で優勝したらどうするか、とそれぞれがおもしろおかしくしゃべっている。アリのいうとおりだ、家にいるのが最善じゃないし、何も起きなきゃ、気が変になっちまう。

7　ハイム、万引きを失敗させ、謝礼を貰《もら》いそうになる

ある日、万引きを追っかけたのが全てのはじまりだった。嘘《うそ》っぽく聞こえるだろうが、ほんとのことだ。スーパーで買い物を終えたところで、太い傷あとが首にある赤毛の超デブ男とぶつかった。ぶつかった途端、男のコートからレンジでチンする弁当が二十個ばかり飛び散った。二人とも、向きあったまま固まった。思うに、オレのほうがよほど戸惑っていた。近くにいたレジ係が「ツァドク！　急いで、どろぼうよ！」と叫んだ。オレはデブに、ごめん、と謝り、ほんとのデブでなくて慶賀のいたりだ、コートに隠した弁当のせいだったんだね、この次は野菜にしたほうがいい、だって、肉はレンジでべとついてまずくなる、といいたかった。だが、そういうかわ

りに、ただ肩をすくめた。いきなりヤセに変貌した男も、首を傷《いた》めた奴にしかできないやり方で肩をすくめて逃げだした。一分後、棒を手にしたツァドクがあらわれ、床に散らばった弁当をかなしげに見やった。「いったい、なぜ？」膝をつくと、半ばオレに、半ば床に散らばった冷凍グリンピースにつぶやいた。「もったいないことを。万引きは仕方ないにしても、ムサカを踏みつけるなんて」レジ係が、逃げ出そうとしていたオレに抱きついてきた。「ツイてたわ。ツァドク、この人のおかげなの！　この人が泥棒を見つけたの」といった。ツァドクは潰《つぶ》れたムサカから目をあげずに、「どうも」といい、「おかげさんで。スーパー・デリとして感謝したいので、オフィスに立ち寄られて詳細を……」といいかけると、「寄りなさいな」と、レジ係が割って入った。「謝礼が出るのよ」ツァドクはその間にも弁当を集めて被害額を算出しようとした。オレはレジ係に笑いかけて、ありがとう、でもいいよ、急いでるし、といった。「ほんとに？」といい、レジ係はがっかりしている。「けっこういい謝礼よ。カップルでホテルに週末ご招待よ」そのことを話すと、ゲルファンドは熱狂した。「ホテルにカップルで週末ご招待だって？」といって、バナナをむいた。「すげえ謝礼だな。そのレジ係、オマエに惚《ほ》れたんだ」「何が惚れたんだ、だ。店のポリシーに過ぎないよ」オレはいった。「どんな女だ？　セクシーか？」と、ゲルファンドは無視してつづける。「まあな……だけど……」「だけどはなし。何歳ぐらいだ？」「二十五歳」と、仕方なくいう。「傷は？　リストカットとか弾のあととか？」「いや、見えなかった」「新種だな」ゲルファンドはヒューと口笛を吹いた。新種とは、オレみたいに錠剤や毒薬でここに来た、外傷なしを総称する、ここ独自の呼称だ。「若くて、新種で、しかもイカした……」「イカしたとはいってない」ゲルファンドはオレの言葉をまた無視し、「行こう」といって、みっともないパイロットコートをはおった。「どこへ?」オレは時間を稼ごうとする。「スーパー・デリに謝礼を貰いに」「二人で?」「黙って、ついて来い」ゲルファンドは彼らしい断言口調で命令した。で、オレは黙ってついていった。

スーパー・デリではシフトの交代があって、ツァドクもレジ係もおらず、ほかの連中は何も知らなかった。ゲルファンドが文句をいいだして喧嘩《けんか》になりそうだったので、オレはビールを仕入れにいった。鯉《こい》の水槽わきで、生前にアパートをシェアしていたツィキにばったり会った。こんなとこで会うなんてびっくりだ。ツィキはいちばん会いたくない類《たぐい》の、風呂場に髪の毛が落ちてたとか、冷蔵庫のカッテージチーズを食べただろ、なんて騒ぎ立てるような奴で、それに第一、自殺するなんて考えられん奴だ。オレは見なかったふりをして歩を進めたが、あいつのほうで気づいて声をかけてきた。「ハイム! いつか会えると思ってたよ!」「やあ」と、オレはごまかし笑いを浮かべた。「どうした、ツィキ? ここで何してる?」「みんなと同じだよ」とツィキはいい、口ごもった。「しかも、君と関係あるんだ」「なんだ、ケリをつける前にキッチンを片づけなかったとかの文句か?」「ふふ、相変わらずふざけてるな」ツィキは笑い、住んでいたアパートの三階から飛び降りた、まっすぐ道路に落下して終わりたかったが、運悪く、生け垣と隣家の車の間に斜めにひっかかって首が曲がり、往生するまでずいぶんかかったといった。オレと関係あるとは思えないが、というと、関係ってほどじゃないが、つまりさ、といって、首をうしろに倒してシリアル類の棚に寄りかかった。「なあ、自殺って伝染するっていうだろ。それってなんか意味あるよね。まわりで人が死ぬと、自分自身について考えだす、自分は死んだ奴とどこがちがうかとか、なぜ生きてるんだろとか。そいつに伝染したんだよ、スカッドミサイルに当たったみたいにさ。答えは見つからなかった。君の自殺というより、エルガの……」「エルガ？」と、オレは聞きかえした。「ああ、エルガ。君の葬式の一か月ほどあとだった。なんか、君、知ってると思ってた」カウンターの向こうではスーパーの従業員があわれな鯉の頭に一撃を喰《く》らわせ、オレは目から涙がこぼれ落ちるのを感じた。ここに来てから、一度も泣いたことなんてなかった。「泣くなよ」ツィキが汗ばんだ手で触ってきた。「医者の話じゃ、一瞬だったから、何も感じなかったそうだ」「誰が泣いてる？　バカか」ツィキのおでこにキスしてやった。「エルガは、ここにいるんだな、おい、聞いてるのか？　すぐ、見つけなきゃ」遠くで、スーパーのシフトの管理者がゲルファンドに何か説明しているのが見える。ゲルファンドはつまらなそうな顔つきになっている。どうやら謝礼は貰えないと納得したようだ。

8　アリは存在についてハイムに教えようと試み、たちまちあきらめる

「ぜったい、彼女は見つからないね」ゲルファンドはそういって冷蔵庫からビールを出した。「賭けてもいい」「ビールを賭けるよ」オレは笑っていい、荷物をカバンに詰めつづけた。「ビールを賭けるよ」ゲルファンドは、オレの声音を真似ていった。「アホか！　ここに届く死体の数を知

ってるかい？　想像の埒外《らちがい》だ、二人でクソみたいなここを大分うろついたけど、それだってせいぜい一メートル四方で、ここにいる人の半分も知らないんだぜ。どこを探す？　地獄か？　オマエのノファルちゃんはすぐ上の階に住んでたりしてさ」「エルガだ」と、オレは訂正する。「エルガ、ノファル、シェンハブ、どれだって同じだ」ゲルファンドはビールの栓をテーブルの角を使って開けた。「みんなスノッブだ」オレは聞こえないふりをして荷造りをつづける。「だいたいエルガって、なんだよ」ゲルファンドは笑っていった。「ヘブライ語で恋い慕うなんて意味もあるんだろ、違うか？」「まあな」オレはやりあう気分じゃなかった。「エルガなんて名を娘につける親の気が知れんよ。おい、ハイム、オマエ、彼女を見つけだしたら、彼女のおふくろさんをオレに紹介しろよ」「わかった」オレは右手の指を三本あげた。ボーイスカウトの誓い方だ。「で、どこから始める気だ？」オレは肩をすくめた。「エルガはいつも、町はいやだ、ひらけたところに住みたいっていってた。犬がいて、庭がある、とかさ」「くだらん」と、ゲルファンドはいい返した。「女どもはいつもそういうが、結局は高級住宅街のマンションを兵役先延ばし優秀大学生《アトゥダイ》とシェアしたりしててさ。もしかしたら、ここから百メートルのとこにいるかもな」「さあね。でも、町なかじゃないと思う」オレはゲルファンドのビールをひと口飲んだ。「勘なんだ。二人でよくドライブした」「した？」ゲルファンドは疑わしげだ。「言葉の綾だ。つまらんスノッブのためにいっしょにきてほしいなんて考えちゃいないよ。それに、君、しなくちゃいけないことがいっぱいあるんだろ？」「おい、エラぶるなよ」ゲルファンドは向かっ腹を立てた。「違うよ、いまいったじゃないか。ついてきてほしいなんて思ってないよ」「ちゃんと理由をいえ。そしたら、オレだって、マジでついてってってやるからさ」「エルガを愛してるんだ」と、オレはいった。「いや、愛してない」ゲルファンドは首を振った。「オマエのくだらん自殺そっくりだ。オマエは頭んなかに文字を詰め込んでるだけだ」「なんで？　あんたの自殺は天才的だったのか？」「議論する気はないね、ハイム。ただ、なんていうか、よくわからんが、いっときたい」ゲルファンドはオレのそばにすわった。「たとえば……オマエ、ここに来てから何回女と寝た？」「なぜ？」「いいから」「たぶん、一度も」「たぶん？」「誰とも。それがどうした？」「どうしたもこうしたも。オマエの身体は精液でいっぱいだ、わかるか？　目を開けても映るものすべてが灰色だ。精液が脳みそまでいって頭蓋骨をガンガン、誰もこの宇宙で経験したことのないようなことまでできるくらいに圧迫してるんだ。すごい経験だから、そのためには死んでもいい、すべて捨ててもいい、ガリラヤ地方に引っ越してもいいなんてさ。ガリラヤに住んだことあるか？　わかるか……」「ほっといてくれ、アリ。そんな元気ないよ」オレは話の腰を折った、「だけど、車を貸してよ。いいだろ？　保険のことなんかつべこべいわずにさ。故障したらオレが責任もつから」「急に突っかかってくるなよ」ゲルファンドがオレの肩を叩いた。「理由としちゃよくないっていっただけだ。行かないなんていってない。オマエのいうとおりで、オマエを混乱させたかもな。そのノファルとやらは、やっぱ特別か……」「エルガだ」オレはまた訂正した。「わかった、悪かった」といい、ゲルファンドは笑いを浮かべた。「罪悪感だの愛情だの後悔だのなんて捨てて」と、オレは戦術を変えてみた。「いっしょに行く、いい理由があるよ」ゲルファンドは空のビール瓶をゴミ箱にシュートしながら、「何だよ？」と聞いてきた。「ほかに、したいことがあるか？」

9　友二人、エルガを探しに出て、かわりにアラブ人を見つける

　ゲルファンドは、毎日かならず電話すると両親と約束し、最初の一キロから公衆電話を探してばかりいた。「おい、落ち着けよ」オレはいった、「南米を旅して、インドにも行ったことがあり、自分の頭にダムダム弾を撃ち込んだってのに、ボーイスカウトでキャンプしてるガキみたいに振る舞ってさ、似合わないよ」「ハイム、言葉に気をつけろ。オレを怒らすなよ」運転しながらゲルファンドは歯ぎしりするようにいった。「この辺をうろついてる連中ときたら。マジ、なんでついてきちまったんだか」外をうろつきまわっている人々は、オレたちの界隈《かいわい》の連中とそっくりで、目にあまり光がなくて、足をひきずっている。そういうことを知らないゲルファンドは病的に疑い深くなっている。「疑い深いんじゃない。わからんのか？　連中はアラブ人だ。北に行こうっていったじゃないか……北のほうがイカす女がいるんだ。東は東方系《ミズラヒーム》ばっかだ」「アラブ人だったら、どうなんだ？」「なんつうか、自殺したアラブ人って、ちょっと怖くないか？　ちょっと以上かもな。オレたちがイスラエル人だって、わかったら？」「また、オレたちを殺すさ。殺しても同じだけど、あいつら死んでるし、オレたちも死んでる。それだけのことだ」「さあな」ゲルファンドは口ごもる。「オレはアラブ人が好きじゃない。政治抜きで、なんつうか、民族として」「アリ、あんたは差別主義者じゃなくても欠点だらけなのに？」「差別主義者じゃないよ」

ゲルファンドは逃げを張る。「ただ……まあな、ちっとは差別的かな。だけど、ちょっとだ」外が暗くなりだした。ゲルファンドのプリンツはポンコツで、ライトが壊れたままだったから、夜間は運転できない。アリは車で寝るといいはって、内側から鍵をかけた。疲れきっていたのですぐ眠れると思ってシートを倒したが、アリが身体を伸ばしたり寝返りばかり打つので、どうしようもなかった。アリでさえ一時間ほどすると、げっそりしたらしい。シートをなおしていった。「なあ、どっかパブでも探すか」「アラブ人は？」「ぶちかましてやるさ。軍隊みたいに」「軍隊に行かなかったろ」オレはいいかえした。「精神衛生将校に除隊させられたクチだろ」「兵役に行くまでもないさ」アリはプリンツを出て、ドアをバタンと閉めた。「テレビで見たよ」

10　アリは兵役に行かなかったのを悔やみ、死者を平穏から出すことの困難を知る

そこは、アリのいうとおりアラブ人の界隈だった。だが、オレがいったとおりでもあって、ケリをつける前のパスポートの記載事項なんか問題じゃなかった。パブの名は「ジン」。ジンとは、アラジンが魔法のランプから放った精霊であり、トニックで割って飲むジンでもある。アリは掛詞《ことば》なんかじゃないといったが、バーとしては「バー・ミノン」のほうがずっといい。二人で、カウンターにすわった。バーテンダーはつぎはぎだらけの、始末のつけ方がひどくまずい男だった。アリはそのバーテンダーと英語でしゃべろうとしたが、アリのヘブライ語訛《なま》りの英語に気づいた

バーテンダーが、素っ気なくヘブライ語でいった。「ビン入りなし、樽からだけだ」バーテンダーは、鼻の左側半分にひげ、右側はなしの、中途で放りだされたジグソーパズルみたいな顔をしている。「じゃ、樽からで、兄弟」と、アリはバーテンダーの肩を叩いた。「治安部隊のためにムハンマドさんよ」「ナセルだ」バーテンダーは丁寧に訂正し、ジョッキにビールを注ぎだして、「治安部隊って、兵隊だったのか?」と、聞く。「ああ、覆面部隊でアラブ人に成りすましてた」アリは嘘をいった。「八月のいつまでだったか、そうさな、どれくらいだったかも憶えてない」「そうか」ナセルはアリにジョッキをわたし、オレにもよこしながらささやいた。「あんたの友だちは、ちょっとおかしくないか、な?」「ちょっと?」オレは笑いを浮かべた。「いやさ」ナセルはいった。「おたくらじゃなんていうんだったか、雲の上にいるとか」「そうさ」といって、アリはジョッキ半分を一気に飲んだ。「これが、オレの雲の上だよ」「生きてたとき、こいつは兵役にはついてなかった、向いてなかったんだ」と、オレは説明した。「もちろん、兵役についてた」と、アリはいい張った。「終身軍人になる署名もした。ピストルで」と、こめかみの銃弾の穴をさして撃つ真似をした。「国防軍支給のスポーツ点数でピストルを手に入れてさ。ところで、ナセルさんよ、あんたはどうやってケリをつけたんだ?」ここでは、どうケリをつけたかたずねるのはご法度で、あきらかにアリは喧嘩をふっかけている。だが、ナセルは歯牙にもかけない。その時点ですでにアリに勝ち目はない。「ドッカーンだ!」ナセルは力なく笑って、つぎはぎだらけの身体をちょっと揺らした。「見りゃわかるだろう」「そうか、ドッカーンか。何人道連れにした?」と、アリは聞いた。ナセルは首を振って、自分用にウォッカを注いでいう。「そんなの、わかるわけないだろ」「なんで？」アリはびっくりする。「ここで、誰にも聞かなかったのか？あんたのあと、何人も来たはずだろ」「そういうことは聞かないもんだ」と、ナセルは一気にウォッカを飲み干した。「いつ、どこでだったか教えてくれよ」と、アリはしつこい。「オレがあんたのあとに死んだんなら、もしかして、何人だったか教えられるかも……」「ほっといてくれ。何のためにだ？」と、ナセルはさえぎる。「ところで」と、オレは話題を変えようとした。「ここ、今夜はいっぱいだね」「ドッカーンのせいでね」と、ナセルが笑いを浮かべた。「毎晩だけど、男ばっかだ。たまにやっと、女が二人かそこら。ときたま旅行者が来るけど、それだって滅多にないね」「なあ」と、アリが押してくる。「あんた方は実行に移る前、来世では妖艶な美女七十人の出迎えを約束してもらえるっていわれてるんだろ？　そのとおりなのか？　独占契約だったのか？」「約束されてた。だけど見てのとおりだ。すっかりアル中さ」「結局、だまされたってわけか、ナセルさんよ」「そうだ」ナセルがうなずいた。「で、あんたは何を約束してもらえた？」

11　ハイム、エルガとソファを買う夢を見て、残酷な現実に目覚める

その夜、車の中で、エルガとソファを買いに行った夢を見た。店員は、アリが挑発した例のアラブ人で、彼はいろんなタイプのソファを見せてくれるが、オレたちはなかなか決められない。エルガは、赤い布カバーのたじろいじまうようなソファをほしがり、オレはよく憶えてないが、

他がいいといって、店のど真ん中でいいあいになり、怒鳴りあいになる。喧嘩はどんどんエスカレートして醜くなり、互いを傷つけあいだしたが、夢のなかで、ふと、オレは我に返り、いいあいをやめて、「やめよう、たかがソファじゃないか。二人いっしょが大事なんだ」というと、彼女はにっこりする。オレもにっこりしようとして目が醒《さ》めた。隣でアリが、夢のなかで彼をいたぶってる奴らに寝言で悪態をついて寝返りを打った。「黙れ」と、どうやら度を越したらしい男にいった。「もうひとことといったら、ただじゃおかねえ」といい、立ちあがって喧嘩をつづけようとしてハンドルに肋骨をぶつけた。アリは目を醒まし、窓をあけて煙草を吸った。「明日、ウィグワムとか、イグルーとかいったか、キャンプ用品の店で売ってる、プラスティックでできてるやつを買う」と、アリが断定的にいう。「テントだろ」「そう、テントだ。車で寝るのは、もうおしまいだ」アリは煙草のフィルターを窓から投げ捨てた。「パブのあのアラブ人はまともだったな。ビールはひでえもんだったが、ナセルはきっちりしてた。オレが見た夢、わかるか?」「ああ」オレはいって、煙草の残り香を吸い込んだ。「あいつの頭をぶん殴った」

12 友二人はイカした女性ヒッチハイカーを乗せ、会話を試みる

朝、アリとオレはヒッチハイカーを乗せたが、ここじゃ誰もヒッチハイクしないから、奇妙といえば奇妙なことで、一瞬、車を止めていいものか迷った。アリは遠くからヒッチハイカーを見

つけて、「見ろよ、すげえセクシーな女だ」と、つぶやいた。「新種か?」半眼のまま、オレは聞いた。「それどころじゃない」アリはきっぱりいう、「新種のお人形ちゃんだ。誓ってもいいが、生きてたら、ぜったいお目にかかれない類のケリのつけ方だ」アリは性的なことについて誇張癖があるが、今回はアリのいうとおりだった。ここらじゃ滅多にお目にかかれない、目に生命がキリッと宿っている女だ。通りすぎてからも、ミラーでバックパックを背負った女長い黒髪をながめていると、いきなり、女が手をあげた。アリも見てブレーキをかけた。後続の車に追突されそうになったが、あわやのところでよけ、アリはターンして彼女のそばにつけた。「乗れよ」ノンシャランに聞こえるように努めたらしいが、ぜんぜんうまくいってない。「どこに行きます?」女が不安げに聞く。「東のほう」と、オレはいった。「東のどこ?」バックパックを押しこんで後部座席にすわりながら聞いた。「行き先にあてがあるんですか?」オレは肩をすくめた。「ここには長くない、な?」と、アリが笑った。「なぜ?」ムッとした口調だ。「来たばっかじゃなかったら、ここじゃ、誰にもあてなんかないって気づくはずだからさ。それに、あてがあったら、こんなとこに来てないよ」

彼女はリヒといい、たしかに、ここに着いたばかりで、それ以来、ヒッチハイクでここの責任者を探しているといった。「ここの責任者?」アリは笑った、「ここがカントリークラブかなんかで、あんたはそこの管理事務所を探してるつもりなのか? この場所は、あんたが自殺する前とそっくり同じで、ちょっとだけ程度の悪いとこだぜ。なあ、生きてたとき、神さまを探そうとしたことあるかい?」「いいえ」そういって、リヒはガムをさしだした。「でも、そのときだって理由なんかなかったけど……」「で、いまは理由がある？」アリは笑いながらガムをうけとった。「後悔してるんだろ？　だからバックパックを持って、帰りのビザを支給してくれる人を見つけたい……」アリが本気で挑発しだす前に、オレは止めにはいった。「ねえ、オレたちが通り過ぎてから手をあげただろ、なぜだい？」「さあ」リヒは肩をすくめた。「乗りたいか、遠くからだとちょっとはっきりしなくて……」「あやしげで？」アリが聞いた。「いえ」リヒは困ったように笑った、「しつこそうで」

13　ハイムは希望を失わないようにし、アリは愚痴り、リヒは長袖でうろつく

リヒを乗せてから五日経った。アリは相変わらず小銭をかき集めては公衆電話を探した。親と少なくとも一時間、話さない日はなくて、そのことをオレやリヒがからかおうものなら、たちまち気を悪くした。少なくとも車両保険についてはゴネたりしなくなり、運転は三人で交代した。快調にとばしたが、プリンツはライトがつかないので夜の運転は無理だった。あたりは死に絶えたみたいになり、人影もまばらになって空がひらけ、庭付きの低めの家並みになったが、にもかかわらず、なんとなく全体的にぐったり萎《しお》れた感じになった。買い込んだテントは成功したくちで、だんだん、オレたちはテント暮らしに慣れていった。毎晩オレはエルガと喧嘩する例の馬鹿げた夢を見て、毎晩しまいに仲直りして目を醒ました。アリはエルガを見つけられっこないとい

い、だけど、オレがあきらめるまでドライブしたってかまわないという。リヒがそばにいると、エルガのことをしゃべろうとする。リヒが、可能性がある、といってくれても、アリは彼女の言葉を無視する。昨日、オレと用を足しに降りたとき、リヒが来てからちっとばかし重ったるくなった、とアリは愚痴った。「彼女が仲間になってから、オレたち、まるで聖人みたいだぜ。二人っきりなら、キタネエ話もできるのに」振りながらいった。「いまだってツレションしてるじゃないか。邪魔されてないだろ」と、オレはいい、二人とも終えていたが、話を続けたくてそのまの恰好でいた。「まあな、たしかにな」アリは認める。「だけど、ああいうスゲエのがそばにいると、いつもとは違っちまう。誰かが仲間に入ると、なんか意識しちゃって挑発的になるな」車に戻り、オレが代わって運転した。リヒはトレーニングシャツ姿で、後部座席でウトウトしている。車に乗せてから、短い袖の彼女を一度も見たことがない。リストカットだろう、プリンツを賭けてもいい、とアリはいうが、オレたちには、なぜ、どうやって自殺したのか、聞く勇気はなかった。寝ている姿は、なんかおだやかで愛らしい。それに、責任者探し、というケッタイなことを除いたら、リヒは実にまともだった。アリは悪口ばかりいうが、ちょっと彼女に惚れてるんじゃないか、惚れてるから悪口をいうんだろう。ほんというと、オレだって、エルガを見つけられなかったとしても、もしかしてリヒがオレに惚れてくれるんじゃないか、なんて思うが、そういう考えはすぐ捨てる。それに、エルガが近くにいる感じがますます強まっている。アリは、くだらんね、反対側にいるさ、そこで誰かといるんだ、きっと自分のブツで首を吊った黒人とだ、なんていう。だけど、オレの嗅覚はエルガは近くにいる、見つかりそうなほど近い、と告げているし、ここでのオレの無二の友が、あきらめきったボロクズだったとしても、オレまでそうなる必要はない。

14 奇跡ではじまり、ほとんど災難で終わる

夕方、そろそろ駐車場を探そうとしていたら、妙なことが起きた。リヒが運転していたときだった。トラックがオレたちを追いこそうとヴォーッと警笛を鳴らし、リヒが道をゆずる合図をして脇により、また、元に戻ろうとしたら、突然、プリンツのライトがついた。後部座席にいたアリはすっかり調子づいた。「あんたは魔女だ！ 天才だ！」そういいながらリヒにキスし、そのせいでリヒの運転がふらついた。「あんた、車のフローレンス・ナイチンゲールかマリー・キュリーじゃないか？ マーニャ・ショハットだぜ＊」「アリ、落ち着いてよ」リヒが笑った、「たかがライトでしょ」「たかがライト？」アリはリヒを憐れみ深く見つめる。「なんてナイーブなんだ。天才なればこその無邪気さだね。何人の整備士がポンコツ車の下にもぐりこんだかわかってるかい？ 整備士も核エンジニアも重機械のホリスティック医療者も、マックディーゼルを解体して、目隠しをして二十分で組み立て直せる連中もうまくいかなかったら、あんたが来た」といって、リヒの首筋をなでた。「天才の天使ちゃん」アリの興奮はだいぶ収まったが、アリはもう少しリ

＊ 一八八〇～一九六一年。ベラルーシ生まれの政治家でシオニスト。

ヒに触りたくて、口実を並べてふざけている、とオレは目の端で見てとった。「これからは、夜間もドライブできるね」と、オレはいった。「そうだ、今夜はまず、痛いくらいきれいな光で、頭をガツンとさせようぜ」アリがいった。パブを探して車をころがした。町の外はかなり荒涼としていて、ハンバーガー屋やピッツェリアの矢印看板が三十分おきに見えるくらいだ。

四時間後、アリが音《ね》をあげたので、アイスクリームとフローズンヨーグルトの店に立ち寄った。アリがアルコール入りっぽいアイスはあるかたずねると、チェリー・リキュール入りならあります、と売り子がいう。売り子の胸の名札をちらっと見てアリが聞いた。「なあ、サンドラちゃん、ガツンとなるにはどのくらい食わなきゃいけない？」名札の下に、このアイスクリームチェーンのロゴマーク――ピエロ帽のアザラシが一輪車に乗り、その下に〈少しのお金――いろんなお味〉と描いてある。「さあ？」サンドラは肩をすくめた。「じゃ、念のため四キロ貰おうか」アリがいい、サンドラは慣れた手つきでポリ容器にチェリー・リキュール入りアイスクリームを入れていく。サンドラはやつれて見えるが、目はびっくりしたみたいにパッチリ開いている。どういう死に方だったのか、ともかく突然死だったに違いない。車への戻り道で、リヒが従業員規則がかかっている場所で立ち止まった。客には丁寧な言葉を使う、手洗いから出たら手を洗う、とか、いろいろ。「ピッツェリア・カミカゼ」にも似たような規則がトイレのそばにかかっていたが、オレは無視して、トイレを出ても手を洗ったことなんかなかった。オレはオレだと感じたかっただけだ。「ああいう場所って、なんだかがっかりするのよね」と、車に戻ってアイスクリームを食べながらリヒがいった。「なにか突拍子もないことがあるといいんだけどって期待して入るのよ。ちょっとしたことでいいの。売り子が名札を逆さまにつけてるとか、帽子をかぶり忘れてるとか。それとも、ここのものはマズイです、なんていうとか。でもそんなこと、ぜんぜん起きない。何をいいたいのか、わかる？」「正直なとこ」と、アリがポリ容器をリヒから奪っていった。「あんまりね。そろそろ運転代わらないか？」アリはライトをつけて走りたくてたまらないようだ。運転を交代し、一キロほど走って右に急に曲がったらすぐ、道路をふさぐような恰好で男が寝ていた。アリが男をよけようとして木にぶつかっても、そののっぽで痩《や》せた眼鏡の男はイビキをかいて眠っている。オレたちは車から出た。誰も怪我《けが》しなかったが、プリンツはペチャンコになった。「おい！」アリは路上で眠りこけている男に駆けよって揺すった。「大丈夫か？」「逆もまた真なり」目を醒ました男は、仰天《ぎょうてん》するような素早さでぱっと立ちあがってアリに手をさしだした。「ラファエル・クネレルです。どうぞ、ラフィって呼んでください」さしだした手をアリが握らないのを見て、男は目を細めてうかがった。「何のにおいだろう？　アイスクリームのようだが」そしてすぐ、返事も待たずに聞いた、「もしかして、この辺で犬を見かけませんでしたか？」

15　クネレルが、来客は多いがパラノイアは少ないと明かし、ほんとはサマーキャンプではないと説明する

少しアリが落ち着いてからみんなで車を調べたが、調べるなんて時間の無駄だった。クネレルはこんな事態を招いたのは自分のせいです、とひどく恐縮し、車の問題は別にしても、どうか我が家にお泊まりください、といった。家までの道すがら、クネレルはしゃべりつづけたが、一歩進むごとに身体があっちこっちに投げだされるような、一瞬いっしゅん、いろんなところに行きたいけれど、どこへとは決められないみたいな歩き方をした。完璧に変人にしか見えないが、感じは悪くない。体臭だって赤ん坊の尻みたいにのどかで邪気がない。ケリをつけたとは想像できなかった。「この時間帯には、このあたりをあまりうろつかないんですが、愛犬のフレディが見えなくなったので探しにでたとこです。ひょっとして犬を見かけませんでしたか？　そしたら急にあたりの景色がのしかかってきましてね、まあ、よくあることなんですよ。誰だって木立のあいだで、ちょっとお昼寝したくなりますからね、自然に抱かれるっていいますか」クネレルは手ぶりをふんだんに入れて、倒れていたことを説明しようとする。「それにしても、道路の真ん中で？　じつにけしからん。責任感の欠如です。軽いドラッグのやりすぎです」そういってウィンクしたが、アリが深刻そうなすごい形相をしているので、あわてていい足した。「ドラッグって喩《たと》えですよ。つまり、ここじゃ、ドラッグなんて誰もやりませんから」

クネレルの家は幼稚園児のお絵かきそっくりの造りだった。かわら屋根に煙突、庭にはあおあおとした木、黄色い灯りのともった窓。入り口に大きな看板があって、黒い活字体で〈貸し家〉とあり、その上に青色で〈クネレルのサマーキャンプ〉となぐり書きされていた。じつは貸し家ではない、むかしはそうだったが、クネレルが来て借りた、それに、ほんとはサマーキャンプではない、とはいえ、いろんな人がやってくるし、クネレルがその人たちのためにしょっちゅうやっている活動がサマーキャンプみたいだからといって、長年ここにいる友だちが冗談半分に書き直した、といった。「このアイスクリーム・ボックスをみんなが見たら」そういって、クネレルはリヒが持っているポリ容器をさした。「狂喜しますよ」

16　リヒは小さな奇跡を起こし、アリはエスキモーの娘に恋をする

一か月ばかりここにいる。クネレルは、犬のフレディは戻ってくるつもりはないようだ、とあきらめだし、アリが電話したのに、レッカー車がくる気配もない。到着したその週から、アリはみんなを巻きこんで大騒ぎしまくり、ありとあらゆるところに電話し、両親の家に帰る算段をしていたが、そのあと、かわいらしいエスキモーの娘と知りあうと、アリの性格を呑みこむには無邪気すぎる娘のおかげで性格がまるくなった。相変わらず、一日一回は両親に電話をし、だが、たいていは彼女にかまけて過ごしている。ここに来たはじめのうちは、ケリをつけたら違ういい

面を見つけたみたいに肯定的な人たちが世界中からこの場所に集まっていて、オレも圧倒された。なんかユナイテッド・カラーズ・オブ・ベネトンとスイス・ファミリー・ロビンソンが合体したみたいなのだ。ただ、ここの人たちはたしかに感じいいが燃えカスみたいで、残りカスでできるだけのことをしようとしている。そして、そういう人たちの間を、オーケストラの指揮者みたいに手を振ってクネレルは歩きまわっている。オレはリヒに、高校の物理の教科書にあった、落下速度を調べようと建物のてっぺんからストップウォッチを押して落下した驚異の男、そう教科書にはあったが、その男について話した。どんな男だったか書いてなかったけど、なぜかオレはクネレルに似ていると感じたのだ——物事を熟知しているが、ここの人にあらず、だと。リヒに、物理についての結末はどうだったの、と聞かれたので、あんまり憶えてないが、高校生向きの教科書だから驚異の男は助かったはずだと答えた。リヒは、だとしたらクネレルだったかもね、だって、クネレルが屋根から一歩踏みだすのは考えられるけど、地面に叩きつけられるのは想像できないもの、といった。

ある朝、クネレルと庭仕事をした。大麻のほか、どんな草も育たない庭だ。仕事の最中、リヒが水を飲もうと蛇口をひねると、水のかわりにソーダ水が出てきた。リヒとオレはびっくりしたが、クネレルは平静そのものだった。「気にしないでください。ここじゃ、しょっちゅうです」なんて屈託なくいう。「えっ」オレは呆《あき》れた。「しょっちゅうなんです」と、クネレルは花壇を掘りかえしながらいう。「奇跡が?」オレは聞いた。「だって、ラフィ、リヒは水をワインに変えたわけじゃないけど、当たらずといえども遠からずじゃないか」「十分、当たらず、です」とクネレルはいった。「奇跡って呼びたいなら、呼んでもいいですが、でも、意味ない奇跡で、ここじゃ、しょっちゅうある。びっくりするのがおかしいくらいで、誰もそんなに気にしません」という。だが、そういわれても、リヒとオレには理解できなかった。クネレルは、ここ一帯の特徴の一つなのだと説明し、ここでは仰天するようなこと、たとえば、石を葉っぱに変えたり、動物の色を変えたり、ちょっとなら空中遊泳なんかもできたりするが、根本的に物事を変え得るようなものではない、といった。オレは、ほんとにおどろいたし、そんなに頻繁《ひんぱん》に起きるんなら、マジック・ショーみたいなものを企画できる、テレビで放映だってできるかもしれない、といった。「でも、わかってほしいのは」と、クネレルはせっせと土を掘りかえしながらいった。「見物人があらわれた途端、奇跡は起きなくなるんです。こういうことは、誰にも何も影響を与えないときにしか起きない。たとえば、いきなり水の上を歩きだしたとする、ここじゃ、ときどき起きるというか、できるんですが、でも、それも、人が向こう岸で待っていないときだけです。あるいは、近くに大騒ぎしそうな人がいないときだけとか」リヒが、出会った晩にプリンツのライトが突然ついたというと、クネレルは、典型的な例です、といった。「車のライトを修理するほうがずっと意味がある」と、オレは異論を唱えた。「どこに向かっているかによりますね」クネレルは笑みを浮かべていった。「もし五分後に、木に衝突するなら、意味があるかどうか」

17　リヒはハイムに個人的な話をし、アリはくだらんと一蹴する

クネレルと話したあと、オレは奇跡の類に気をつけるようになった。昨日、リヒと散歩していて、リヒが靴ひもを結ぼうと足を石にのせようとしたら、石が一瞬でフワッと浮いて消えた。なんの理由もなく。その前の日は、アリが突いてたビリヤードの玉が一個、卵に変わった。オレにも奇跡が起きてほしい、どんなのでもいい、つまらないのでかまわないから奇跡が起きてほしい。クネレルは、そんなに重大事みたいに願ってたら、ぜったい実現しませんよ、という。そうかもしれないが、クネレルの説明はいくぶん滅茶だ、根拠があるように思えない。クネレルは、説明がじゃない、わたしたちのまわりのこの場所が根拠がなくて、滅茶なんです、という。人間が、一瞬でドカーンと人生を閉じる！　一瞬後、その人間は傷とローンを抱えてここに来る。それに、だいたい、普通に死んだ人でなくて、なぜ自殺者だけなのか？　なんというか、その背後に、ちゃんと理屈があるようでいて、ない。つまりは、そういうことなのだ。結局のとこ、そう決めつけなくてもいいが、もっと悪くもなり得る、ということだ。

アリはずっと新しいガールフレンドと過ごしている。ここからさほど遠くないところの川で彼女からカヤックの乗り方と釣りを習っている。不思議なことに、ここでは生きものの姿をほとんど見かけない、クネレルの犬以外には。その犬だって、ほんとに存在しているかどうか、たしかじゃないのだ。ガールフレンドにお返しできるものがそんなにないアリは、恩知らずと思われた

くなくて、物故したサッカー選手の名前とアラビア語での悪態のつき方を教えている。オレはたいてい、リヒといる。クネレルの物置に自転車が何台もあったので、オレたちはしょっちゅうサイクリングに出かける。リヒが、死んだときのことを話してくれた。それで、死因は自殺じゃなくて、薬物の過剰摂取だったと知った。何かの注射をすすめられたが、すすめた奴もはじめてだったので、準備が万全じゃなかった。そのせいでリヒは手違いでここに来た、だから、しかるべき人に会って話せば、ここからすぐ出してもらえる、と信じている。彼女がそういう人物を見つけだせる確率はほとんどないと思うが、そうはいわないほうがいいとも、オレは思っている。誰にもいわないで、とリヒにいわれたのにアリに話すと、たわごとだ、手違いでここに来る奴なんかいない、とアリはいった。オレは、ここ全体が大きな間違いなんだとクネレルがいってたよ、ビリヤードの玉が卵に変わるくらいここは変わったところだもの、何だってありだ、リヒが間違って来たってこともあり得る、といった。アリはチーズサンドをほおばりながらいった。「なんかオマエさ、監獄映画のヒーローそっくりだぜ。ヒーローは監獄でいろんな人物に会う、それぞれが、無実だ、冤罪《えんざい》だって訴えるけど、ひと目で有罪だってわかる顔なんだよ。オレだって、リヒにぞっこんだ。でもな、薬物の過剰摂取なんてナンセンスだ。オマエ、注射してる奴をテルアビブで見たことあるか？　あそこじゃ、破傷風におびえて、注射針を見たとたんに気絶するんだよ」「彼女は、薬物依存症なんかじゃない」オレはいった。「はじめてだったんだ」「はじめて、ね」アリはコーヒーをひと口飲んだ。「なあ、ハイム。誰も『はじめて』で死にゃしない。何であろうと、ウンと望んだから死んだんだ」

18　ハイム、バッドエンドの監獄映画を夢に見るが、それは個性の欠如のせいである

その晩、どっかの監獄からアリとリヒと三人で逃げだす夢を見た。はじめ、雑居房から脱出するまでは意外に簡単だったが、そのあと、監獄の中庭に出た途端、投光器や警報器が作動しだした。塀の向こうにはワゴン車が待っていて、オレは手梯子でアリとリヒが塀をよじ登るのを助けたが、自分の番になると手梯子してくれる人がいない。そこへ、いきなりそばにクネレルがあらわれたので、手を貸してくれと頼もうとするが、クネレルはふわふわと宙に浮いて、塀の向こうに飛んでいく。ワゴン車を運転しているエルガも含めて、いまや全員が塀の向こうにいて、オレが降りていくのを待っている。うしろのほうでサイレンが鳴り、犬が吠えだし、監獄映画そっくりの音が近づいてくる。アリが塀の向こうで怒鳴る。「おーい、ハイム、どうした？　ちっとは飛べよ」オレを苛《いら》つかせたいのか、クネレルがワゴン車の上をふわふわ飛んで、いろんな芸をしてみせる。オレは飛ぼうとするが、うまくいかない。それで、みんな行ってしまい、それから、ふっとアリの家族があらわれたが、そのあたりから、もうあんまり憶えていない。「その夢でわかるのはな」アリがいう。「オマエはトンマで、影響を受けやすい神経症ってことだ。簡単に影響される、オレがひとこと『監獄』っていうと、すぐ監獄の夢を見る。夢そのものがくだらん」アリとオレは川岸で物干し用ロープを手にしてすわり、ガールフレンドに教わったやり方で魚を

釣ろうとしている。もう二時間もすわってるが、ボロ靴一つ釣れなくて、アリは凶暴になっている。「いいか、誰だって夢のなかでは自由になれる、存在が軽くなってるからな。ところが、オマエは強迫観念の虜《とりこ》で、動きがとれない。じつに単純な夢だ、教訓的っていってもいいね」あたりは冷えはじめ、いつになったらアリは釣りなんてくだらないって飽きるんだろう、とオレは自問する。じつのとこ、オレは飽きあきしてたし、ここに魚が一匹もいないのは明らかだ。「もっといってやろうか」アリがつづける。「夢が示していることだけじゃない。オマエが、その夢を思いだして話すってことが問題なんだよ。夢を見る人間はいっぱいいるが、たいていは夢なんか気にしない。オレは夢を見ても、オマエに話そうなんて一度だって思わない。おかげで、オレはオマエよりずっとしあわせだ」まるで、その証拠だといわんばかりにアリがロープをひきあげると、魚がいた。小さくてみっともない魚だったが、アリの、破裂しそうにふくらんだエゴには十分だった。「たまには、友だちの話を聞けよ——夢だとか幼稚な奇跡だとかを忘れて、リヒといっしょになれ。悪くないぜ、な？　美人だし、ちょっと変わってるけど、感じがいい。問題なしだ。彼女、オマエのこと気に入ってるよ。ここだけの話だが、彼女は、手違いで送り込まれたって苦情をいいたくて、神さまを探してるけど見つけられっこないし、オマエも、オマエのスノッブちゃんを見つけられない。二人ともひとりっきりで、ここで動きがとれないんなら、お互い慰めあったらいいだろうが」しゃべってる間に、釣りあげた魚がアリの手のなかで変わっていく、ちょっと大きく赤くなったが、醜さは変わらない。アリは魚を地べたに置いて、魚が動きを止めるまで頭部を石で叩く、それもほかのエスキモーに習ったやり方だ。アリは魚の変化に気を留めさえしない、マジかよ？　アリのいうとおりかもしれない。どうってことないのかもしれない。だが、エルガは近くにいる、振り向いたら、すぐうしろにいるみたいな気がする。アリがどう皮肉ろうと、彼女が見つかるというオレの確信は一ミリたりとも動かない。「一つだけ教えてくれ」と、帰り道でアリがいう。「クネレルって、いったい何なんだ？　いっつも上機嫌で、誰かれかまわずにハグしてまわってさ。ゲイかなんかか？」

19　クネレルの誕生日を祝い、ハイムとリヒは旅を続けようと決心する

このところ来客が多い。クネレルの誕生日が近づいたせいだ。みんな気もそぞろで、クネレルのためにケーキを焼いたり、独創的なプレゼントをしようと一生懸命だ。たいていは、呼吸の調整さえまともにできない連中なので、リヒにいわせれば、このクリエイティブな熱狂が災難なしに終わってくれたら、たいそう運がいいのだそうだ。いままでにだって、二人自傷したし、一人はクネレルのためにバッグを縫おうとして、ほとんどの指を刺した。彼ら以外にも、宇宙飛行士だったオランダ人のヤンは、クネレルに新しい犬を見つけてプレゼントする、といって捕虫網を持って昨日の朝出かけて、それきり消息がない。クネレル自身もやたらとソワソワしている。夕方、祝いのテーブルを用意しながら年齢をたずねたら、クネレルは口ごもって、じつは記憶にないんです、といった。料理とプレゼントのあとＣＤをかけ、高校のパーティみたいにダンスした。

オレでさえ、リヒとスローを踊った。明け方の四時ごろ、バイオリンが物置に放り込まれてた、ということは、以前クネレルはバイオリンをやってたんだ、と誰かがばらした。クネレルは、最初はいやがったが、すぐ折れて、「ノッキン・オン・ヘブンズ・ドア」を弾いた。オレはあんまり音楽がわからないけど、あんな演奏ははじめてだ。演奏を誤魔化したとかいうんじゃない、たしかにちょっと誤魔化したが、ひびきにクネレルの完璧な意思を感じた。オレだけじゃない、みんな、黙禱《もくとう》のときみたいに黙って聴きいった。こういうときに邪魔したがるアリでさえ黙り込んで、すっかり目をうるませていた。あとでアレルギーだなんていってたが、明らかにいい訳だ。クネレルの演奏後は、誰ももう何もしたくなくなった。ほとんどが眠りこみ、リヒとオレは食器の片づけを少し手伝った。キッチンでリヒに、死ぬ前のいろんなことを懐かしく思いださないか、と聞かれた。元に戻りたいとは思わない、とオレはいい、エルガのこと以外はあんまり思いださない、それに、エルガがここにいるってわかったから、前のことはぜんぜん恋しくない、とほんとのことをいった。「たぶん」オレはいった。「ちょっと、自分のこととかね。ケリをつける前の自分はどうだったかとか。きっと、話を創りだして、なんか、自分はもっと……なんていうか。それさえ、もう思いだせないんだ」リヒは、嫌いだったものまで含めてぜんぶ懐かしいから、責任者探しに手を貸してくれる人を見つけるためにも、明日はここを出ていく、といった。そうだね、君のいうとおりだ、オレだってエルガを見つけたいなら探しつづけなくちゃ、とオレはいった。食器をぜんぶ流しに運んだが、二人とも寝る気にならなかった。クネレルは、サロンの床にすわりこんで、子どもみたいにプレゼントと遊んでいた。そこに、いきなり、ヤンが嵐のように、捕虫網を手に飛びこんできて、森の向こうにメシア王がいる、クネレルの愛犬を人質にとっている、といった。

20　偽者になりすましたフレディは、シュワルマをむさぼり喰《く》らう

ヤンはハアハア息を切らして、オレたちを見つめた。顔が真っ赤だ。サロンにすわらせて、水を持っていってやった。ヤンはクネレルのために犬を探していて道に迷ってしまい、やっと森を抜けたらプール付きの大きなヴィラが見えたので、サマーキャンプに電話して迎えを頼もうと行ってみた。だがヴィラには電話がなく、音楽と喧噪《けんそう》ばかりで、そこにいる人たちはポニーテール頭で日焼けして、ビキニの上のほうをつけずにうろつきまわっている娘たち以外はオーストラリア人らしかった。みんな、やたらと友好的で、ヤンにご馳走《ちそう》を山のように盛って渡し、ここはメシア王のヴィラで自分たちはその取り巻きだ、メシア王は恍惚状態《トランス》に浸り込みたがってトランス音楽を大音響でかけっぱなしにしている、といった。メシア王の名はギブオンだが、みんなギブと呼んでいる。誰かがいいだした呼び名だが、本人もおおいに気に入っている。ギブはガリラヤの山の方の出身だがここに来てもう長い、今日から一週間以内に、彼はメッセージ性のある、意味ある奇跡を予定している、手違いでダメになるような奇跡じゃないし、どういう奇跡かバラしてもいけない、だけど、真に偉大なものになるはずだ、それを目で確かめたらどうか、とヤンは

招かれた。ヤンは音楽にもだんだん慣れ、とりわけ奇跡と裸んぼちゃんにワクワクしだした。感じのいいサーファーといっしょの部屋をもらった、サーファーは自分にケリをつける前にはニュージーランドのウェリントンで「ハード・ロック・カフェ」の支店を任されていたそうだ。夕方、みんな裸になって泳いだが、ヤンは気恥ずかしくてプールサイドにいた。そのプールサイドで、クネレルのフレディがプラスティックのお椀《わん》に首を突っこんでシュワルマを食べていた。ヤンは、これは親友の愛犬のフレディで、何週間か前から行方不明になっている、とみんなにいった。みんなは、かなり戸惑っているようだった。メシア王がこの犬は天才犬だといって、飼い犬にして言葉を教えさえしたという。ヤンは、クネレルの犬はたしかに言葉をいくつかしゃべるが、口にするだけで意味なんかわかってない、それ以外のことでは馬鹿犬だと知っていた。だが、ちょうどあらわれたメシア王の機嫌をそこねてはいけないので黙っていた。

メシア王、すなわちギブは、長身でブロンドの長髪、青い目の男だった。そばに、少し身体が歪んだ、たいそうな美女がついていて、二人とも辛抱強くヤンの話を聞いた。しまいにギブが、ほんとうにクネレルの愛犬なら喜んで返そう、調べるいい方法がある、といった。「犬の名は」と聞かれて、ヤンは「フレディ」と答えた。そこで、ギブが、シュワルマを食べ終えたばかりの犬を呼んで名をたずねると、馬鹿犬は尻尾を振って「ナセル」といった。ヤンは、それは士官候補生に教え込まれたつまらないジョークで、訓練中に士官候補生が命を絶ったので、仔犬のうちにクネレルのところに連れてこられて「フレディ」と名づけられたと説明したが、ギブは違う犬のようだ、といってとりあわないし、フレディもヤンといっしょに行きたくなさそうな素振りばかりする、クネレルのとこだと、シュワルマなんてぜったい貰えないからだ。それで、ヤンは、できるだけ大急ぎでキャンプに戻って、詳しく報告するのが最良の策だと判断した。「メシア王、意味ある奇跡、トランス状態」と、クネレルは腹を立てていった。「全部、たわごととしか思えません。フレディが帰りたがらないことについては、いつも恩知らずな犬だといっていたので、おどろきません」

21　ハイムとリヒはメシア王を探しに出かけて、海に出る

朝七時、パーティ客のほとんどは絨毯《じゅうたん》の上で眠りこけていたが、クネレルはバックパックを手にして、もう我慢できません、すぐフレディに会いたい、とサロンの真ん中でいった。リヒとオレは同行を申し出た。リヒは、メシア王についての話はとても信じられないけれど、その人に、責任者は誰か、どうやって探したらいいか聞く機会を逃したくない、といい、オレは、ヤンがいったとおりヴィラにおおぜいいるなら、エルガを探すのに都合がいいと思った。それに、クネレルとヤンの組み合わせだと、誰か見守る人間がいたほうがいい。クネレルは車で行きたがったが、ヤンは、歩きでないと道がわからないという。それで、ヤンの後にくっついて十時間以上も森のなかを歩いているうちに日が暮れてしまった、じつは道に迷ってしまった、とヤンが白状した。ヤンとクネレルは、前回も迷ったんだからいい徴候だ、お祝いしよう、と水ギセルを出した。ヤンとク

ネレルはそれぞれ四回ずつ吸い、完全に酔っぱらった。リヒとオレは焚き火用の乾いた小枝を集めに出た。灯りはといえば、赤ん坊みたいに眠り込んでいるクネレルからくすねたライターだけだった。クネレルと、そのそばでイビキをかいているヤンからちょっと離れると、遠くのほうから何か砕け散る、それでいて心が和む音が聞こえてきた。海のひびきみたいね、とリヒがいう。そっちに向かって数百メートルばかり行くと、ほんとに海辺に出た。奇妙だ、クネレルも含めてサマーキャンプの連中は、海が近くにあるなんていわなかった、ひょっとしたら、オレたち以外は、海があるなんて誰も知らないのかもしれない。靴を脱いで少し海辺を歩いた。ケリをつける前は毎日のように海に行ってたんだった。そう気がつくと、リヒが昨日、すべてが懐かしい、元のところに戻らなくちゃ、といったことが理解できた。リヒに、アリの親父さんはここを死の影と呼んでいる、ここの人たちはほとんど何も欲しない、オレがそばにいても、たいがい万事オーケーって感じで、つまりは、オレも半分もう死んでるんだ、といった。リヒは笑って、知りあった人はたいてい、死ぬ前に知りあった人も含めて、ほとんどは半分死んでるか、完全に死んでいた、だとしたら、あなたはずっとマシってことよね、といいながら、オレの腕に触れた。偶然に、みたいだったが、そうじゃない。

もしエルガを裏切るなら、本物の美人とだけだ、とオレはいつも思っていた、でないと、後悔するとき、あんな美人だったらどんな男だってノーとはいえない、と自分を慰めることができる。リヒは、まさにそういう女だった。その夜、リヒが触れてきたとき、リヒのいうとおりだ、オレはずっとマシなんだと感じた。

22 クネレル、フレディに面と向かって真実をいう

日の出とともに、というよりクネレルの呼び声が聞こえて、リヒとオレは目を醒ました。目をあけると、そこはもうオレたちのプライベート・ビーチなんかじゃなかった。ひとけはなく、陽光のなかの浜辺はいまや使用済みコンドームだらけだった。クラゲみたいに浅瀬にただよい、オレたちの近くの浜では貝みたいに半ば埋まり、昨夜は磯の香りがしていたのに、いきなり、使用済みゴムのにおいが充満している。吐きそうだったが、リヒのためにこらえて、彼女をしっかり抱きしめた。そうやって、地雷原に踏みこんで救出を待つツーリストみたいに身動きせずに、どのくらい横になっていただろう。「ほら、いた」クネレルがいきなり木立のあいだからあらわれた。「いくら呼んでも返事がないから、すごく心配しましたよ」クネレルが、昨夜の野営場所に連れ帰ってくれ、道みち、この浜辺はむかしは娼婦と麻薬常用者の浜だったが、ときとともに廃れて誰も来なくなった、と説明してくれた。「あそこで寝たなんていわないでくださいよ」と、クネレルは、オレとリヒが服についた砂やらなにやらを払い落としていると顔をしかめた。「何のためです?」「海を愛する者たちって、そうなのよ」リヒは半笑いでいった。「病気好きが、そうなんです」と、クネレルはいい直して、どしどし歩を進めた。「ヤンが消えてないといいが」クネレルは気がかりそうだったが、ほんとにヤンは消えていた。だが、心配しはじめる前に上機

嫌で駆けもどってきて、メシア王のヴィラを見つけた、すぐ近くだ、と報告した。

ほんとに見事なヴィラだった、地中海沿岸のカエサリアにあるエルガのおじさんたちの家を訪ねたとき見せてもらったような、プールやスカッシュ・コートやジャグジー、それに対核ミサイル防空壕が付いているヴィラだ。オレたちが着いたころには、プールのそばに百人以上も群れていた。どうやら昨日からカクテル・コーナーとビュッフェ・コーナーが半々に設置されているようで、ニューエイジ・タイプや奇人、サーファーやスノッブやいろんな人間がいっぱいいて、みんなかなり気を昂ぶらせている。客の間を、フレディが哀れっぽい顔つきでうろついて、みんなに餌《えさ》をねだっていた。フレディは、クネレルに見つかっても知らんぷりした。クネレルはフレディの真ん前に立って、わたしの誕生日だというのによくもそんな態度を、恩知らずめが、と怒鳴り、仔犬だったころのフレディの恥ずかしい行為まであげつらったのに、フレディは、絶えずモグモグロを動かしている老人みたいに寿司をゆっくり味わい、罵詈《ばり》雑言《ぞうごん》を並べるクネレルをのんびり眺めている。周囲の人が、ギブがもうじき解決してくれる、とクネレルをなだめた。しかし説得が功を奏さないので、ギブが意味ある奇跡をやろうとしている、と気を引こうとすると、クネレルはいっそう苛立った。その間、まる一日何も食べてなかったオレとリヒは、ビュッフェ・コーナーでせっせと詰め込んだ。いいたいことはいっぱいあったが、喧噪と混沌《こんとん》でしゃべっても聞こえない、だが、そのせいだけじゃないのは明白だった。と、ヤンがあらわれて、ギブとガールフレンドがクネレルとフレディをサロンに呼んでいる、事情を聞きたいそうだ、ぼくらも行ったほうがいい、だって、クネレルはひと悶着《もんちゃく》を起こすだろうから、といった。サロンに着く前、らクネレルの怒鳴り声と、間を置いて犬の低い鳴き声、それに「――」という声が聞こえた。オレは気づいた、エルガの声だ。

23　ハイム、ついにエルガと会う

何度、再会の瞬間を思い描いたことか、少なくとも百万回、は。ぜんぶ、ハッピーエンドだった、途中のゴチャゴチャを想像しなかったわけじゃない、エルガがいいそうもないこと、あってほしくないことまで想定して、何にだって対応するつもりだった。エルガはオレにすぐ気づいて駆け寄り、抱きついて泣きだした。エルガは、ギブにオレを紹介し、ギブが握手して、あなたについてはいろいろ聞いている、といった。いかにもナイスガイだ。オレは、ちょっとややこしかったが、エルガにリヒを紹介した。リヒは何もいわなかったが、ややこしくても、オレのために喜んでくれているのがわかった。みんなを残して、オレたちはベランダに出た。ベランダの出口で、クネレルが演説をぶち、ギブが相づちを打っているのが聞こえた、ギブはもうすっかりフレディをあきらめているらしかった。エルガは、オレが自殺したあとどうしていいかわからなくて、死にたくなるほど罪悪感に襲われた、と話した。彼女がしゃべっているあいだずっと、オレはエルガを見つめていた、髪型さえ記憶どおりだった、姿勢以外は。ティベリア（ガリラヤ湖畔の町）の病院の屋上から飛び降りたせいで、姿勢は生前とは変わっていた。オレの葬式のあと、エルガは泣きじゃくりながらガリラヤ方面に向かい、終点でギブオンに会い、会ったとたんに心が落ち着いて涙がとまった。かなしくなくなったわけじゃなくて、ヒステリー的なものが消えていっそう深いものになり、耐えていけるようになったのだそうだ。ギブオンは、われわれはみな生の世界に囚われているが、それより優れた世界があってそこに到達できる、と信じていて、そこにはギブの力を信じている人々がいた。エルガがギブと知りあって二週間後、ギブは、肉体と魂のつながりを断ってもう一つの世界を見つけてみんなに道を教えるためにまた肉体に戻ってくるつもりだったが、ただ、何かヘマがあったらしく、魂は戻ってこなかった。病院でギブの死が宣告されると、エルガは、ギブが辿《たど》りついた世界から呼んでいるように感じ、ギブといっしょにいたくて、病院のエレベーターで屋上にのぼり、そこから飛び降りた。それで二人はまたいっしょにいる。これから、ギブはかつてガリラヤでやろうとしたことをもう一度、実行するつもりだ。エルガも、今度こそは成功を確信している、ギブはこの世につながる道を見つけて戻ってきて、みんなに示すだろう、と。そういってから、エルガはまた、あなたは大事な人で、あなたが逝《い》ってしまってから、あなたを傷つけたんだとやっとわかった、だから、こうして再会できてうれしい、ごめんなさいっていえるもの、とまたいった。オレはその間、笑みを浮かべてうなずくしかなかった。誰かといっしょの彼女と再会するシーンもずいぶん想像してきたが、どんなときでも、オレは闘って、君を愛してる、誰もオレほどには君を愛しちゃいない、といいながら抱きよせて愛撫すると屈服する。だが実際は、ベランダで、オレはほっぺたに友情の証《あかし》のキスを受けて、それでもう終わりにしたかった。救いのように、いきなりゴングが鳴り、ギブがそろそろ始めるようだから行かなくちゃ、とエルガがいい、オレは、キスのかわりにエルガを抱きしめるのがやっとだった。

24 ギブ、意味ある奇跡を起こすと誓う

サロンに戻ると、リヒとクネレルはもういなかった。刺繍《ししゅう》入りのガウンを着たギブが、二人はもう下に行った、というのでプールサイドにおりると、群衆が男と女に分かれていた。すぐクネレルは見つかり、リヒが遠くから、どうだった、とたずねるみたいに手を振っているのが見えた。どう手を振ったらエルガとのことを説明できるのかわからない、君のことが好きだ、と遠くから合図したかったが、それじゃあんまり映画みたいだ。だから、あとでって、笑顔で合図した。クネレルによると、どうやって生ある世界に戻るんですか、とリヒがギブに聞いたら、意味のない質問だ、わたしはみんなによりよい世界への道を示そうとしている、といったという。外に出てからリヒは、あのギブって男は単なるほら吹きね、とクネレルにいったそうだ。音楽がボリュームいっぱいで、クネレルの声を聞きとるのがやっとだった。クネレルはオレとリヒのことを笑って、君は奇跡、リヒは夢、あなた方みたいに、わたしよりナイーブな人に会うのははじめてだ、といい、「ケリをつけるかわりにカリフォルニアに行くべきでしたね」と、声を張りあげた。見ると、いざこざは終わったのか、フレディをなでている。ステージの上にはガウン姿のギブオンが立ち、エルガが『子どものための聖書物語』の「アブラハム、イサクを生贄《いけにえ》に捧げる」の挿絵

みたいに、歪んだナイフを捧げもってついている。エルガがギブオンにナイフをさしだすと、音楽がバンッと鳴ってやんだ。「この騒ぎはなんです?」クネレルがそばでぶつぶついった。「すでに死んでいる人間が、今さら、何を望むんです? また死にたいのかな」そばの人たちが振り向いて、シィーッといい、オレはきまり悪かったが、クネレルは気にも留めていない。ギブはぜったいできっこない、だって、一度自分にケリをつけた人間は、死ぬことがどんなに苦痛か知っているのだから、もう一度やるはずがない、賭けてもいいです、といった。そう、クネレルがいった瞬間、ギブがナイフを取り、ぐいっと胸に突き刺した。

25　白いワゴン車が到着し、大混乱がはじまる

奇妙なことに、プールのそばにいた人々は何が起きるか、どうなるかわかっていたのに、全員、仰天した。シーンとなり、それからガヤガヤしだした。ステージ上のエルガが、落ち着いてください、ギブはすぐ肉体に戻ってきます、と叫んだが、ガヤガヤはおさまらない。そうこうしていると、クネレルがフレディにひそひそと何かいい、いきなり持っていたライターに向かって何かいうと、あっという間に、白いワゴン車がヴィラに横づけになり、白いオーバーオール姿の、痩せてのっぽの男が二人おりてきた、一人はメガホンを持っている。クネレルが二人のほうに駆けていき、大仰な身ぶりで何かしゃべりだした。オレはリヒを探して人混みをかき分けて、女の人

たちのほうに向かったが、リヒはどこにもいない。メガホンの男が、静かに解散してください、と叫んでいる。ステージの上では、エルガがギブの亡骸《なきがら》のそばで泣いている。エルガはナイフに手を伸ばそうとしたが、オーバーオール姿の男に制された。男はナイフを取り、ギブの亡骸を肩にかつぐと、エルガをワゴン車まで連れてってくれ、とクネレルに合図した。メガホンの男がまた、解散してください、といい、一部の人たちは立ち去りはじめたが、まだおおぜい、その場に凍りついている。メガホンの男のそばにリヒがいるのが見えた。彼女もオレを見つけてこっちに来ようとしたが、トランシーバーみたいなのに向かってしゃべっていたオーバーオール姿のワゴン車の運転手が、こっちに来い、とリヒに合図した。リヒは、すぐ戻ってくるから、とオレに合図してよこし、オレはワゴン車に向かって人混みをかき分けた。だが、辿りつく前に、フレディを脇に抱えたクネレルがメガホンの男とワゴン車に乗りこんで、ワゴン車は行ってしまった。リヒがワゴン車の窓ごしに、オレに何か叫ぼうとしているのが見えたが、声はこっちまで届かない。それが、リヒを見た最後だった。

26　なんとはない楽観のうちに

オレは、そこで何時間も待った。ワゴン車はギブとエルガをどこかに運ぶだけで、リヒはすぐ戻ってくると思っていたからだ。何がなんだかわからず、ショックを受けてその場に残った人たちといっしょだった。みんな言葉も交わさず、プールサイドのデッキチェアにすわっていた。少しずつ人々が散りだして、とうとう一人になったので、クネレルのサマーキャンプに帰ることにした。

サマーキャンプに帰りついたのは夕方だった。アリによると、クネレルが飛びこんできて荷物をいくつかまとめ、みんなに、いたいだけここにいてください、といい、そのあと、アリと二人だけになりたがり、フレディの世話を頼んだという。クネレルは、自分にケリをつけたことなんか一度もありません、じつは覆面天使なんです、とアリにうち明けたそうだ。だが、いま、メシア王騒ぎで素性がバレてしまったので、ふつうの天使に戻るらしい。ギブのことは羨ましくない、ここが最低なら、二度も自殺した人の行くところは千倍も鬱陶しくて、行きつく人の数も少ないし、変わり者ばかりだ、とアリにいったという。リヒのことをクネレルが何かいってなかったか、と聞くと、アリははじめのうち、いや、といっていたが、大騒ぎの最中にリヒがオーバーオール姿の一人に近づいて、書類を調べてほしいと頼んだそうで、調べてみると、なんとも奇妙なことにミスが確かにあって、どうしたらいいのか誰にもわからないが、ともかく、ここからリヒを連れ出して生の世界に戻す可能性があるとわかった、という。アリは、オマエをがっかりさせたくなかったんで、最初はいいたくなかった、だけど、リヒが望んでいた所にやっと辿りつけるんだから、めでたいニュースでもあるよな、といった。

アリはガールフレンドとクネレルの家に残ると決めたので、オレは一人で町に戻った。途中、偶然に奇跡も起こせた。奇跡が起きてみると、クネレルがどうってことないんです、といった意味がわかった。アリから頼まれていた包みを両親に届けると、ひどく喜んでくれ、ぜんぶ何でも話してくれ、とくにガールフレンドのことを、といわれた。親父さんの話では、電話でのアリはほんとにしあわせそうで、それで、家族全員で来月にはアリを訪ねるつもりだという。金曜日の安息日の晩餐に招いてくれ、週日でも気が向いたら寄ってくれ、といわれた。「ピッツェリア・カミカゼ」も、オレが戻ると喜んで、すぐシフトに組み込んだ。

夜、彼女の夢はまったく見ないが、でも、しょっちゅう思っている。いっしょになれる可能性もない女のことを考えるなんていかにもオマエらしいな、とアリはいう。アリのいうとおりかもしれない、可能性はほんとにちょっぴりだ。だけど彼女は、半分死んでたって十分いいといったし、ワゴン車に乗るときも、すぐ戻ってくる、って手で合図してよこしたんだから、可能性がないわけじゃない。念のため、シフトに入るときには、ちょっと工夫する――名札を逆さにつけるとか、エプロンを正しく結ばないとか、何か、いつかひょっとして彼女がやってきても、がっかりしたり、さびしくなんかなったりしないように。

物語のかたちをした考え

これは、かつて月に住んでいた人々についての話である。現在、月にはひとりも住んでいないが、それほど昔に溯《さかのぼ》らないころ、月の上は人であふれていた。月の上の人々は、自らの考えを好みのかたちで表現できる自分たちは、たいそう特別な存在だと思っていた。考えを、鍋のかたち、テーブルのかたち、フレアーのついたパンツのかたちにさえ表現できた。そんなふうに、月の上の人々は恋人に、コーヒーマグのかたちの「君を愛してる」や、花瓶のかたちの「僕を信じてくれ」というふうにオリジナルな贈り物を贈ったのだった。

かたちづくられた考えはたいそう素晴らしいものだったが、ときとともに、それぞれの考えをどう見せたらいいか、ある種の共通理解、定型ができていった。母性愛はいつもカーテンのかたち、その一方、父性愛は灰皿のかたち、という具合に定型化されていき、どの家を訪ねても必ず、ティーセットのワゴンのある居間がある、と想像できるようになった。

月の上にひとりだけ、自分の考えをみんなとは違うかたちで表現する男がいた。若くて、ちょっと変わり者で、実存について悩み、たいがい、いらついていた。彼は頭のなかで、どんな人間にもその人だけの固有の考えがある、考えそのものが本人に似ている、と信念みたいに考えていた。その人物だけが考え得る色と重量と中身をもった考えということだ。

その男の夢は宇宙船を造って宇宙を旅し、ユニークな考えを収集することだった。若者は催しにもつきあいにも出かけず、宇宙船造りで過ごしていた。宇宙船のエンジンを驚異の思考のかたちに、操舵装置は純粋理性のかたちに、そして、それは始まりにすぎなかった。若者は、宇宙を航行して宇宙空間で生き残るために、その補助になるはずの洗練された考えをどんどん付け足していったが、若者が働いている様子を見守っていた隣人たちには、若者が間違いを重ねているように思えた。というのも、エンジンのかたちをした好奇心、という考えを創りだすなど意外すぎて、理解できなかったからで、彼らにとっては、好奇心は顕微鏡のかたちが当たり前だったのだ。純粋理性はいうに及ばずで、野暮ったく見せたくなければ、貝のかたちにするべきだった。隣人たちは説明しようとしたが、若者は聞こうとしなかった。宇宙のうちにすべての真実の思考を見いだそうとする彼の熱望は健全とはいえず、良識の域を超えていた。

ある夜、若者への憐憫《れんびん》から月の上の隣人たちは集まり、若者が眠っている間に完成間近だった宇宙船を壊して、あらたに組み立て直した。朝、目をさました若者は、宇宙船があった場所に、本棚、花びん、魔法びん、顕微鏡を見いだした。そうしたごたまぜは、愛犬の死を悼《いた》んでかける刺繡《ししゅう》入りのテーブルクロスのかたちをしたかなしみにくるまれていた。

若者はサプライズをぜんぜん喜ばなかった。ありがとう、という代わりに気がふれたようにあたりかまわず壊しはじめた。月の上の人々は動顚《どうてん》して若者を眺めた。人々はそういう行動を好まなかった。月は、ご存じのように、重力がほんのわずかの天体である。そして、天体の重力が小さければ小さいほど、物体はほんの一突きでバランスを失ってしまうから、規律と秩序依存度が高くなる。だから、ちょっとばかり苦い思いを感じたからといって暴れたら、悲劇が到来する。若者が鎮《しず》まりそうにないとわかると、ついには、止めさせるしかなくなった。そこで彼らは3×3の孤独に考えをまとめ、天井がとても低い小部屋に若者を入れた。壁にちょっとでも触れると、自分はまさに独りだ、と思い知るような冷たい衝撃を若者は感じた。

その小部屋で、若者が最後に考えたのはロープのかたちをした絶望で、若者はその先端に輪っかをつくって自分を吊るした。月の上の人々は、端に輪っかのついた絶望のロープ、という考えに刺激を受け、たちまち、それぞれの絶望を思い浮かべて首のまわりにめぐらしはじめた。こうして、月の上の人々は死に絶え、孤独の小部屋だけが残った。宇宙に嵐が吹き荒れた何百年かの後には、それさえ消滅した。

宇宙船が最初に月に着陸したとき、宇宙飛行士はだれも発見しなかった。あるのは百万ものクレーターだった。最初、宇宙飛行士はこうしたクレーターはこの月にかつて住んでいた人々の墓ではないかと考えた。しかし、クレーターにずっと近寄って詳しく調査すると、これらのクレーターは単に無の考えにすぎない、とわかったのだった。

ラビンが死んだ

昨日の夕方、ラビンが死んだ。サイドカー付きのヴェスパに轢《ひ》かれた。即死だった。バイクを運転していた男は意識不明の重傷で、救急車が来て病院に運んでいった。ラビンはもう死んでたし、どうしようもなかったから、救急救命士は触れようともしなかった。それで、おれとティランはラビンを家まで運んで裏庭に埋葬した。そのあと、おれは泣き、ティランは煙草に火をつけ、泣くな、おまえが泣くとイラつく、といった。だけどおれは泣き止まず、一分後にはティランも泣きだした。おれはラビンがうんと好きだったが、ティランはうんとうんと好きだったからだ。そのあと、ティランの家に行くと、階段口で警官がティランを逮捕しようと待ちかまえていた。意識が戻ったバイクの男が、ティランにヘルメットの上からバールで殴られた、と病院の医者に告げ口したのだ。警官は、なぜ泣いてる、とティランに聞いた。ティランは、「誰が泣いてる？ファシストのおかま野郎が！」とわめいた。それで、警官に一発お見舞いされると、ティランの親父があらわれ、名前やなんかをいえ、と警官に要求し、警官は拒否した。五分もしないうちに三十人ばかりの人垣ができた。警官が、落ち着いてください、というと、おまえがまず落ち着け、とみんなにいわれ、押しあいへし合いが始まって、また喧嘩騒《けんかさわ》ぎになりそうだった。

とうとう警官が帰っていき、ティランの親父はおれたちを客間にすわらせるとスプライトを出して、警官が応援を連れてもどって来る前に手短に説明しろ、とティランにいった。ティランは、バールで殴ったけど、そいつはそれだけのことをしたからだ、なのに警察にたれこんだ、といった。ティランの親父は、それだけのことをしたって、なにをしたんだ、と聞き、親父が怒っているのが、おれにはビンビンわかった。それでおれは、バイク野郎がはじめたんです、だって、サイドカーでラビンを轢いて、汚ねえ口をきいておれを殴った、といった。ティランの親父は、そのとおりかと息子に聞き、ティランは返事をしなかったが、うなずいた。煙草を吸いたくてたまらないのに、親父がいるんでビビってるのが見てとれた。

広場でラビンを見つけた。バスを降りたとこで見つけた。まだチビで、寒さにふるえていた。ティランとおれと、高級住宅地から来た女の子と三人でミルクを探したが、エスプレッソ・バーでは分けてくれなかったし、清浄食《カシュルート》をけっこう守ってるバーガー・ランチにはなかった。しまいに、フリッシュマン通りの食料品店で半リットルパックとカッテージチーズの空カップを分けてもらって、ミルクを入れてやるとペロペロのみほした。女の子はアビシャグといったが、この仔猫は「シャローム」って名にしなくちゃね、だって、ラビンは平和のために死んだんだから、といい、ティランがうなずいて電話番号を聞くと、アビシャグは、あんたってほんとかわいいけど、兵役中のボーイフレンドがいるの、といった。彼女が行ってしまうと、ティランは仔猫をなでて、ぜったい「シャローム」なんて名をつけるのはやめような、「シャローム」なんて女々しいよ、「ラビン」って呼ぼうといった。あいつがボーイフレンドと抱き合おうがオレはへっちゃらだ、顔はきれいだけど、身体がゆがんでたよな。

　ティランの親父は、おまえは未成年だから運がいいが、それだって、今度ばかりはたいして役に立たん、バールで殴るのはコンビニでガムをくすねるのとは違う、といった。ティランが黙りこくっているので、おれはまた泣きだすような気がして、全部おれのせいです、ラビンが轢かれたとき、おれがティランに叫んだからなんです、と親父にいった。バイク野郎は、最初は感じよくてすまながってたんだけど、何を叫んでるって聞かれて、仔猫はラビンって名だ、というと、急に腹を立てて、殴りかかってきたんです。ティランが親父にいった。「あのクソ野郎は停止信号を無視して猫を轢いて、おまけにシナイをぶったたいた。どうすりゃよかった？　黙って行かせた方がよかったんか？」ティランの親父は返事せずに煙草をくわえ、ああだこうだいわずティランにも一本点《つ》けてやった。シナイ、おまえは警察が来るまえに家に帰れ、そうすりゃ、騒ぎからおまえだけでも抜けられる、とティランがいった。そうはいかないよ、とおれはいい返したが、ティランの親父も、息子の肩をもった。

　家に帰って階段をのぼるまえに、ラビンのお墓に立ちよって、ラビンを見つけなかったらどうなっていただろう、と思った。そしたら、ラビンはどんなになっただろう。もしかしたら、寒さで凍えたかもしれない、だけど、かなりの確率で誰かにひろわれただろう、そしたら、轢かれたりしなかっただろう。人生って、すべて運次第だ。イツハク・ラビンだって、「平和のうた《シール・ラシャローム》」を合唱したあとすぐ壇から降りなかったら、生きていて、かわりにシモン・ペレスが撃たれていたかもしれない。少なくとも、テレビではそういっていた。それか、広場で会った女の子に兵役中のボーイフレンドがいなかったら、ティランに電話番号を教えていたはずで、そうなると、ラビンは「シャローム」という名になっていただろうが、それでも、やっぱり轢かれたかもしれない、だけど、少なくとも殴り合いで終わらなかったはずだ。

君の男

別れたい、とレウートにいわれたときはショックだった。タクシーがちょうど彼女の家の前に着いたので彼女はおり、寄らないでよ、それに、ほんとにもうそのこと話したくないし、第一、これ以上なにも聞きたくない、新年おめでとうだって、誕生日おめでとうだって、といって、タクシーのドアをバタンとしめた、運転手が悪態をつくほどのバタンだった。ぼくは後部座席で固まった。喧嘩《けんか》をしていたなら、心づもりできただろうが、その晩はすごくうまくいっていたのだ。そりゃ、たしかに映画はつまらなかったが、それ以外はほんとにうまくいっていた。なのに、いきなりあの独白とバタンだ。ここ半年がいっしょくたになってゴミ箱行きになった。

「で、どうします?」運転手がいって、バックミラーをのぞいた。「家に帰りますか? 家なんてあるんですかね? 親んとこ? 友だちんち? アレンビー通りのマッサージ師? おたくはお客で、お客は王さまですからね」自分で自分をどうしていいかわからなかった。わかっているのはフェアじゃないってことだけだ。ヒーラと別れたあと、傷つけられないよう人と距離をとろうと誓ったのに、レウートがあらわれたらなんかすごくうまくいった、だから、こんなのってない。「そうさね」運転手はうなると、エンジンを止めて運転席にもたれた。「ここは居心地いいし、どっちでもかまいませんよ、メーターは動いてるんだし」ちょうど、そこに無線が入った。「ガドゥード・ハイブリ九番、誰か行けますか?」前にも聞いたことのある場所だ、釘で誰かにしっかり打ちつけられたみたいに記憶に残っている。

ヒーラと別れたときも、こんなふうにタクシーでだった、もっと正確にいえば、彼女を空港に送っていくタクシーのなかでだった。ヒーラは、これでおしまいといい、事実、それ以来音信は絶えた。あのときも、こんなふうに後部座席にひとりぼっちで固まっていた。あのときの運転手はおしゃべりでとめどなかったが、ぼくはひとことも聞いてなかった。だけど、無線機から聞こえた場所は、なぜかちゃんとおぼえている。「ガドゥード・ハイブリ九番、誰か行けますか?」で、いま、たとえ偶然に同じ場所が無線で呼ばれたとしてそれでもいい、と思って運転手に行ってくれといった。そこになにがあるのか知りたかった。そこに着くと、タクシーが一台遠ざかっていった、後部座席に子どもか赤ん坊ぐらいの小さな頭の影があった。運転手に金を払っておりた。

一軒家だった。門を開け、玄関に通じる径《みち》を歩いてチャイムを鳴らした。ずいぶん馬鹿げた話で、ドアが開いたら何ていえばいいのか、どう振る舞えばいいかわからなかった。何かを探すなんて、こんな時間にあり得ない。だが、ぼくはムシャクシャしてたし向かっ腹が立っていた。チャイムをもう一度、長く鳴らし、ドンドンとドアを叩いた、軍隊で家を順繰りに捜索していてドアが開かないときみたいに。だが、誰も来なかった。頭のなかでレウートとヒーラとの別れや思いやらがごた混ぜになり、いっしょくたの塊になった。ドアが開かない家にイラついた。のぞき込めそうな窓を探して、家のまわりを見てまわった。窓はなく、裏手にガラス戸があった。そのガラス戸からのぞいて見ようとした――なかはまっ暗だった。ねばってみたが、目が慣れなかった。のぞき込めばのぞき込むほど、なかはますます暗くなっていく。むかついたし頭に来た。かがんで石をひろい、スウェットシャツにくるんでガラスを割っている自分に、いきなり気づいた。

怪我《けが》しないようガラスに気をつけながら、手を内側に入れて戸を開けた。なかに入って、灯りのスイッチを手探りし、黄色っぽい灯りをつけた。天井にうらぶれた灯りがひとつのだだっ広い部屋。そこはなんていうか――家具がひとつもない、空っぽな大きな部屋で、壁のひとつの面が女の写真で覆われていた。額入りの写真もあれば、マスキングテープ留めの写真もあったが、ぜんぶ知っている女の写真だった。兵役のときにつきあったロニ、高校時代にデートしたダニエラ、ぼくのキブツにボランティアで来ていたステファニー、それにヒーラ。みんな壁にいた。壁の左すみに繊細《せんさい》な金の額縁に入った、笑顔のレウートがいた。灯りを消して、ぼくはふるえながら部屋のすみにうずくまった。ここに住んでいる男は何者なのか、どうしてこんな仕打ちをぼくにするのか、なぜいつもメチャメチャにするのか、わからない。だが、ダニエラ、ヒーラ、レウートになぜあんな別れ方や捨てられ方をされたのか、いきなり合点がいった、いつだって、こいつがいたせいだ。

どれくらいしてから、そいつがあらわれたのかわからない。はじめ、タクシーが遠ざかる音がし、玄関ドアの鍵の音が聞こえ、それから、また灯りがつき、そいつがぼくの真ん前で顔をほころばせていた。チクショウ、まっすぐぼくを見て笑っている。チビで、背丈は子どもぐらい、でっかい目にはまつげがなく、プラスティック製のカバンを持っていた。ぼくが片すみから立ちあがると、そいつは倒錯者が中途で捕まったみたいな歪んだ笑いを浮かべて、どうしてここに来たのか、と聞いた。「彼女も行っちゃったんだ、ね?」と、ぼくが近寄るといった。「大丈夫だよ、必ず代わりが見つかるから」ぼくはといえば、返事をする代わりにそいつの頭に石を打ちおろした。倒れてもやめなかった。代わりなんかいらない、レウートがほしい、うすら笑いをやめさせたい。ぼくが石を打ちおろすたびに、そいつは呻《うめ》くだけだった。「何をする、おい、何するんだ、何をしてるんだ、ぼくは君の男だ、君の男なんだ」とうとう、それも止んだ。そのあと、ぼくは吐いた。吐きおえると、なんだか気分が楽になった、行軍中に担架かつぎを交代してもらうと、途端に、ふうっと、信じられないくらい楽になるみたいに。子どもみたいに軽かった。憎悪や罪悪感、恐怖に襲われるはずが、軽さに呑みこまれた。

家の裏手近くに小さな林があったので、そいつをそこに捨てた。血だらけの石とスウェットシャツは庭に埋めた。それからの数週間というもの、新聞やニュース、それに行方不明者告知報を追って調べたが、何もなかった。レウートはぼくの連絡に応えてくれず、仕事場の誰かに、長身のブロンド男といるのを通りで見かけた、といわれてズキンときたが、もう過ぎたことでどうしようもない、と納得せざるを得なかった。それから間もなくマヤとつきあいだした。マヤとははじめからおだやかで、最高に順調だった。女たちとのいつもに反して、ぼくは最初のときから無防備に自分をさらけだした。夜になるとときどき、例のチビ男と、林に投げすてた死体を夢に見て目がさめ、その瞬間、恐怖にとらわれ、次の瞬間、あいつはもういないんだから、何も怖がることはないと自分にいいきかせてマヤを抱きしめ、また眠った。

マヤとぼくはタクシーのなかで別れた。あんたって無神経で、なんにもわかってない、あんたは自分が楽しければ、あたしも楽しいんだって信じ込んでて、あたしは、ずうっと我慢してたんだから、と彼女はいった。ずっと前からいろいろ問題があったのに、あんたはそれに気づこうともしなかった、といった。それから泣きだした。抱きしめようとすると身をそらして、あたしのことを気にしてくれるんならほっといて、といった。あとを追って、ねばったほうがいいのかわからなかった。タクシーの無線機が「ハマアバク四番」といった。そこに行ってくれと、運転手にいった。到着すると、そこにはもう一台タクシーが来ていて、ぼくと同い年ぐらいか、もうちょっと若めの男と女が乗りこんだ。そのタクシーの運転手が何かいい、男と女が笑った。そのまま「ガドゥード・ハイブリ九番」に行った。林のなかであいつの死体を探したがなかった。錆びた鉄棒しか見つからなかった。鉄棒を拾って家にむかった。

家はあのときのまま、裏手のガラス戸が割られた状態で、まっ暗だった。怪我しないよう気をつけて、ドアの取っ手を探した。部屋に入って、あの時みたいに灯りのスイッチをつけた。空っぽの部屋に、壁の写真と例のチビ男のみっともないカバン、床には黒っぽい血の痕があった。写真を見つめた——前と同じに、ぜんぶそこに並んでいる。写真を見てから、カバンを開けてなかを探った。五十シェケル札、半分使用済みのバスの回数券、眼鏡ケース、それとマヤの写真。写真のマヤは、髪をひっつめにしていて寂しげに見える。そこでいきなり、あのとき、死ぬ前にあいつがいった、必ず代わりが見つかるから、の意味がわかった。レウートと別れた晩の彼を思い浮かべてみようとする、彼はあらゆるところに出向いて、写真を持って戻り、手配する、どういう具合になのかわからないが、ぼくがマヤと出あうようにと。ただ、今回も見事に失敗だった。そしていまやもう、この先は他の女性と知りあえるか、まったくわからないのだ。だって、ぼくの男は死んでしまった、ぼく自身が、そいつを殺してしまったのだから。

アングル

　ゲームの名は「プール」なのに、なぜ三人が「スヌーカー」と呼ぶのかはっきりしない。だが、ほんとのとこ、名前なんてどうでもいい。暇つぶしってことが大事なのだ。そんなわけで、三人は毎日、カフェのビリヤード台わきで会うとミニ・トーナメントなんかして、何かやっている、という気分を味わった。たいていゲームはどっこいどっこいで、団地育ちはビリヤードをちょっとかじったことはあるが運動神経がなかった。別の一人は運動神経はあるが、やる気がさしてなかった。三番目のやつはたしかにやる気満々だったが、アングルに恵まれなかった。つまり、自分の番がくるたびに、論理的にいって見込みのないショットしか打てなかった。

　プールは二人でやるゲームだから、三人のうち一人は、横っちょでコーヒーを飲んでケータイでおしゃべりすることになる。団地育ちは女友だちを呼びだしては、まるで彼女の唇に触れてるみたいに合成樹脂のケータイを撫でさする。女友だちとしゃべるとき、しかもすごく好きあっている場合、人間はなんと愚《おろ》かしく見えるものか。単なるセックスの場合は冷静を保っているのに、恋に落ちるとちょっとばかりおバカになってしまう。セックスについていえば、別の一人の、運動神経のいいやつは、カフェラテは飲まない、きついエスプレッソをデミタスでやりながら、その週にひっかけた女の子たちからの電話をうまくあしらう。一人を待たせて、ほかの女の子としゃべる、という具合に、誰ともあんまり深刻にならないよう宙ぶらりんにしすぎて、実際、深刻になることはなかった。はたで見ていると、そういうのはかなりわびしいものだ。

三番目の男はやる気たっぷりで、何も注文しないし、ケータイにもほとんど触らないで、ゲームに没頭していた。ほかの二人がケータイでぺちゃくちゃおしゃべりして、ゲームに集中しないのに焦《じ》れて、ゲーム中はケータイをオフにする、というルールを持ち込もうとしたが、二人につっぱねられた。わきで待っているとき、やる気十分の男は飲んだりおしゃべりしたりするかわりに、前のゲームで失点した自分をなじった。どういうわけか、いつも、ショットをきっちり決めなきゃいけないときに限ってアングルがよくなかったのだ。しかしゲームに夢中のあまり、うまくいかなくなるとズルしだしたので、実際はそんなに横にすわっていなかった。ほかの二人はたいがい譲歩した、同じガールフレンドを三年もひきずっている、あるいは同時に四人の女の子とつきあっている後ろめたさからすれば、スヌーカーでの損なんてしれたものだったからだ。万事、額面通りうまくいくはずだった。勝ちたければごまかし続けなくちゃならない、しかもいちばん仲のいい連中を、とやる気十分の男が心の内でわかっている点をのぞけばだった。だが、基本的にまっすぐでいい奴だったので、気にした。なんとか別の方法はないかとやっきになって、毎日、仲間が帰ってからも、どこがまずかったのか検証しては練習した。そばで見ていると、いささか痛ましかった。三十二歳の頭の禿《は》げた子どもが、玉をそろえ、キューの先で突き、ほとんど声も出さずに自分に悪態をついた。失敗するといつもだった。

こんな状態が、その店で働いていたウェイトレスが手を貸そうと決心するまで何日もつづいた。彼女は、ある単純なトリックを教えた――いつも、ショットの十分の一秒前に、ショットのことを考えるのをやめて、ほかの何か素敵なことを考えてみなさいな、と。驚いたことに、たいてい、このトリックはうまくいって、彼は急に腕を上げ、ほかの二人が、もう一緒にゲームしたくないというほどになった。二人ともそういったが、じつをいうと理由はほかにもあった。団地育ちは父親になろうとしていて、超音波やラマーズ法や住宅ローンでやたらと忙しくなった。もう一人は女友だちが多すぎてのやましさでキューをまっすぐ持つ集中力をなくしていた。それで、やる気十分の男だけが残って、ウェイトレスとゲームするようになった。彼女が毎回勝っても、彼にはもうどうでもよくなっていた。このウェイトレスは名をカレンといって、彼女には鉄則が一つあった――客とデートはしない――だった。だが、やる気十分の男は今まで何も注文したことがなかったので、彼女は客とみなしたことがなかった、というわけで男にも理論的には見込みができたのだった。

ジェットラグ

　ニューヨーク発最終便の客室乗務員に惚《ほ》れられた。見栄っ張りめ、嘘《うそ》つきが、いや、その両方だ、と君たちが思っているのがわかる。イケメンだとか、そんなふうに思われたがっているって。そうじゃない。ほんとに、彼女はぼくを好きになったのだ。離陸直後のドリンクサービスのときから、ぼくが何もいらないといっても、無理やりトマトジュースを注ごうとした。ほんというと、離陸前の緊急避難時の説明中から、こういうのは全部あなたのため、とでもいうみたいにぼくを見つめていた。それでも不足ならいうが、食事を終えてからロールパンをもう一個持ってきた。「最後の一個なの」と、ロールパンをほしそうにしていたぼくの隣席の女の子にいったのだ。「この方が先にお頼みでしたので」と。だが、ぼくは頼んでなかった。要するに——彼女はぼくにイカレたのだ。隣席の女の子もそれに気づいた。「あんたに夢中ね」と、女の子の母親か、それらしき人がトイレに立ったときにいった。「やっちゃいなさいよ、ねえ、この機内で『エマニュエル夫人』のシルヴィア・クリステルみたいに、免税品カートに彼女がもたれかかってるとこを。ねえ、やっちゃうのよ、おにいさん、やっつけちゃえ、あたしのためにも」女の子の、このしゃべり方にはいささか呆《あき》れた。ブロンドで、繊細《せんさい》な、十歳になるかならずかの女の子が、いきなり「やっちゃえ」とか「エマニュエル夫人」と口走るのだ。ぼくは当惑して話題を変えようとした。「お嬢ちゃん、外国に行くのは初めてかな？　ママと一緒なんだね」「あの人、ママじゃない」女の子は吐きだすようにいった。「それに、あたしはお嬢ちゃんじゃない。あたしは小人症なんだけど変装してて、あの人はマネージャーなんだよ。誰にもいっちゃだめだけど、あたしがこんなみっともないスカートをはいてるのはね、お尻にヘロインを二キロかくしているからなの」そのあと、母親が戻ってくると、女の子はまたふつうの子らしくふるまった、例の客室乗務員が水やピーナッツやいろいろもって、とくに笑顔をぼくに振りまきながら通り過ぎるとき以外には。そういうとき、女の子は指で卑猥《ひわい》な恰好をしてみせた。しばらくして、女の子がトイレに立つと、通路側に座っている母親が疲れた笑みをぼくに向けた。「あの子、きっとずいぶんうるさかったでしょう」何気なく聞こえるように気をつかっている。「さっき、わたしが席を立ったときのことですけれど。わたしが母親じゃないとか、自分は海軍士官だったとかなんとか」ぼくは頭を横に振ったが、彼女は続けた。どうやら背負っている重荷について誰かに話さずにはいられないらしい。「あの子の父親が殺されてからというもの、何かにつけて、あの子、わたしを罰しようとするんです」そういいだした。「まるで夫の死にわたしが責任があるみたいに」泣きださんばかりだった。「あなたの責任じゃありませんよ、奥さん」ぼくは手を彼女の肩において慰めた。「誰も、あなたに罪があるなんて思ってません」「みんな思ってます」彼女は腹立たしげにぼくの手を振りはらった。「何て陰口《かげぐち》を叩かれてるか、よくわかってます。だけど、裁判で勝ったんだから、あれこれいわれる筋合いはないんです。どんなひどいことをしてきたかなんて」ちょうどそこに女の子が戻ってきて、母親をぎろっと睨んで黙らせ、それから、ほんわりした目つきでぼくを見た。ぼくが窓側の席に丸くなって、過去にしてきたひどいことを思い浮かべていると、小さな汗ばんだ手の感触がして、折り畳んだメモが手渡された。メモには「愛する人、キチネットで会いたいの」とあり、「客室乗務員」と大きな活字体で記してあった。女の子がウィンクしてきた。ぼくは座ったままでいた。数分おきに女の子が肘《ひじ》で突いてくるのでとうとう根負けして、キチネットに行くふりをした。後尾に向かい、百まで数えたら戻ろう、そしたらあの女の子もほっといてくれるだろうと思った。あと一時間で着陸します、とアナウンスがあった。つくづく、家に帰りたかった。

トイレのそばでやわらかな声に呼びとめられた。例の客室乗務員だった。「来てくれたのね」といって唇にキスしてきた。「あの風変わりな女の子がメモを渡さないんじゃないかって不安だったのよ」ぼくが口をきこうとするとまたキスし、あわてて離れ、「時間がないの」とあえいでいった。「この飛行機、もうじき墜落するの。あなたを助けなくちゃ」「墜落?」ぎょっとした。「でも、なぜ？　何かまずいことが?」「いいえ」シェリーがいった——制服の衿《えり》に名札がついていた——「わたしたちが墜落させるのは、目的があってのことなの」「わたしたちって誰のこと?」「乗務員一同」彼女はまばたき一つしないでいった。「上層部命令なのよ。一、二年に一回、わたしたちは海上を飛行中に一機、可能なかぎりそうっと墜落させる、そうすると子どもが一人かそこら死ぬかもしれない。そうすれば、機内の安全管理をもっと真剣に考えてくれるようになる。わかるでしょ、緊急時避難対策やら指示やらに、ちゃんと耳を傾けるようになるのよ」「だけど、なぜまたこの飛行機を?」ぼくは聞いた。彼女は肩をすくめた。「さあね。上層部の命令だから。きっと、最近かなりたるんでいるって感じてるんじゃないかしら」「だけど……」「ねえ」彼女はやわらかにさえぎった。「この機内の非常口はどこにあります?」ぜんぜん、思いだせない。「ほら、ね」彼女はかなしげに呟《つぶや》いた。「みんな無頓着なのよ。心配しないで、たいがいは救出されるんだから。でも、あなたのことではリスクを背負いたくないの」と、彼女はかがみ込んでプラスティック製の子ども用カバンみたいなものをぼくに押しつけた。「何、これ?」ぼくは聞いた。「パラシュート」彼女はまたキスしてきた。「三、四って数えたらドアを開けます。そしたら飛び降りてね。実際には飛び降りる必要もないの。放りだされちゃうから」まったく思いもよらないことだ。真夜中、飛行機から飛び降りるなんてぼく向きじゃない。シェリーはぼくが疑って、ことが複雑になりそうだと思ったらしい。「心配しないで」とまたいった。「誰にもいわなければ、誰も気づきやしないから。ギリシアまで泳いだんだっていえばいいのよ」

落下した後のことは何も憶えていない、ただ、北極熊が尻の下にいるみたいに水が冷たかったことしか。はじめは泳ごうとしたが、立てるとわかった。水中を光の方に向かって歩きはじめた。岸辺の漁師たちにずっとうるさくつきまとわれたし、頭がズキズキした。困っているぼくを助けて、それで何ドルか稼ごうとしているらしかった。ぼくを背負って歩き、人工呼吸をした。濡れたドル札を何枚か渡したが、おさまらない。ぼくの身体をアルコールでこすりだすともう我慢できなくて、そのうちの一人に平手打ちをくらわせた。そこでやっと、彼らは半ば気を悪くして立ち去った。ぼくはホリデイ・インに部屋をとった。

一晩じゅう眠れなかった、ジェットラグのせいらしかったので、ベッドに横になったままテレビを眺めた。CNNが飛行機事故救出現場を生中継していて、ちょっと感動した。ゴムボートに乗って、カメラに笑顔を向けて手を振っている人たちの何人かを憶えている、トイレの列でいっしょだった人たちだ。テレビ画面の救出全体がマジで、胸がジーンとする。結局のところ、例の女の子をのぞいて誰一人死ななかったし、例の女の子も、じつはインターポールが捜索していた小人症の女性だったと判明したらしく、災難にしてはいい雰囲気だった。ベッドから出てトイレに行った。遠くかすかに、救出者たちの調子はずれの陽気な歌声が聞こえる。一瞬、ホテルの陰《いん》鬱《うつ》なトイレのビデの奥に、彼らといっしょにいるぼく自身が、ゴムボートの底でシェリーと抱きあって、カメラに手を振っている自分自身が浮かんだ。

最後の話、それでおしまい

その晩、悪霊《シェッド》が才能を奪いにきたが、男は大騒ぎも抗議も哀訴もしなかった。「公平なことなんでしょう」そういって、悪霊に「モーツァルト」のトリュフチョコとレモネードをふるまった。「けっこう楽しんで、堪能しました。そして、時がきて、おたくはここにきた、それがおたくの仕事です。ああだこうだいうつもりはありません。でも、できたら、取りあげられる前に、もう一つだけ、小さな話を書かせてもらえないでしょうか。最後の話、それでおしまいにします。そうすれば、味わいが舌に残ろうというものです」

悪霊はトリュフチョコをくるんでいた金色の紙を見つめて、馳走《ちそう》にあずかったのはまずかったと気づいた。いい奴ほど、厄介ごとを引きおこす。いやな奴はちょちょいのちょいで問題ない。やってきて、魂をはずし、テープをはがし、才能を引っぱりだし、それでおしまい。そいつが朝まで騒ごうがわめこうがかまわない。悪霊は、仕事としてリストにペケ印をいれ、つぎう

移るだけだ。だけど、いい奴は？　トリュフチョコやレモネ

いわれたら、何ていえる？

「わかったよ」悪霊は溜息をついた、「最後の一つだな。だけど、短く、な。もう最低あと二つは今日中にやっつけなくちゃならんから」「短いやつです」男は疲れた笑いを浮べた。「すごく短いやつです。せいぜい三ページ。そのあいだ、テレビでも見ててください」

もう二つ、「モーツァルト」のトリュフチョコを食べ、悪霊はソファにくつろいでリモコンをいじりだした。隣の部屋から男がキーボードを一定の調子で叩いているのが聞こえてくる。まるで、ATMに百万桁のPINを打ち込んでいるみたいだった。「最高のができてくれるといいが」ネイチャー番組でアリが這い進むようすをながめながら悪霊は考えた。「なんか木がいっぱいあって、両親をさがしてる女の子のとか。最初にぐっと急所をつかまれて、しまいにぐぐっとお涙ちょうだいになるとかな」いい奴だ、あいつは。いい奴ってだけじゃない、立派だね。それから、あいつのためにも、そろそろ終わりに近いといいが、と悪霊は思った。もう四時を過ぎている、あと二十分、長くても三十分で、終わっていようが終わっていまいが、男のテープをはいでブッを引っぱりだして行かなくちゃならない。でないと、あとで倉庫でクソを食わされる。そんなことは考えたくもなかった。

だが、男は約束を守った。五分後、隣の部屋から汗びっしょりになって三枚の原稿を手にして出てきた。たしかに見事な話だった。小さな女の子の話でも、急所をつかまれる話でもないが、ぐっとくる話だ。悪霊がそういうと、男はひどく喜んで、素直に喜びをあらわした。笑みは、悪

霊が才能を引っぱりだし、小さくちいさくたたんで発泡スチロールの特別な箱におさめたあとも残っていた。悪霊が作業しているあいだ、その男は一度たりとも悩める芸術家の顔をしなかった、トリュフチョコをもっとふるまうほどだった。「おたくの上司に感謝を伝えてください」男は悪霊にいった。「才能やらなにやら、ほんとうに楽しい思いをさせてもらいましたって。忘れないでいってくださいよ」悪霊は、わかった、といい、自分が悪霊でなくて人間だったら、それとも、違う状況で知りあってたら友だちになれたのに、と思った。「これから、どうしたらいいかわかってるのかい？」戸口に立って、悪霊は気がかりげに聞いた。「いや、ちゃんとは、ね。前よりひんぱんに海辺に行ったり、友だちと会ったり、そんなとこでしょうか。で、おたくは？」「仕事だ」そう悪霊はいい、背中にかついだ箱の位置をなおした。「おれは仕事のこと以外、なんにも頭にないんだ。信じろよ」「ねえ」と、男がいった。「好奇心からですが、こういう才能の行く末はどうなるんです？」「まったく知らないんだ」悪霊は白状した。「おれは倉庫に運ぶだけで、そこで数を勘定し、納品リストにサインしてもらう、それで終わりだ。そのあと、どうするのか、皆目わからんよ」「もし、数を勘定して余分が一個出たら、喜んで返品を受けつけますよ」男は箱を叩いて笑った。悪霊も笑った。だが、ぞっとする笑いで、悪霊は四階から下りながら、あいつが書いた集荷の話はなかなかだと思った、今回はたしかに傑作らしいぞ。

トビアを撃つ

トビアを、九歳の誕生日にシュムリック・ラビアから貰《もら》った。シュムリックは、たぶんクラスでいちばんケチな子だったが、ぼくの誕生日会の日に、シュムリックんとこで仔犬が生まれたのだ。四匹生まれ、シュムリックの伯父さんは四匹ともアヤロン川に捨てようとし、そこで、シュムリックは、クラス全員でお金を出しあう誕生日プレゼントに加わらないですむと計算して、一匹持ってきたのだ。トビアはすっごく小さくて、吠えてもクウクウぐらいの声しか出ないのに、誰かにちょっかいを出されると、急にウーッとうなり声をあげた。その瞬間、とても仔犬とはいえない、低くて深い、どっかの成犬を真似てるようなウォーッになった。それで、物真似でも有名な、俳優のトビア・ツァフィルにちなんで、トビアと名づけたのだ。

父さんはトビアが来た最初の日からトビアを嫌い、トビアも父さんを毛嫌いしていた。じつのところ、トビアはぼく以外の誰にも心をゆるさなかった。まだはじめのうち、仔犬のころは誰かれかまわず吠えたてたし、ちょっと大きくなっても、近づこうとする者には誰だろうと嚙《か》みつこうとした。悪口なんかいわないサハルでさえ、あいつは相当なダメ犬だ、といった。だけど、トビアはぼくにはぜんぜん悪さをしなかった。いつも、ぼくに飛びついてきてなめまくり、ぼくがどこかに行く素振りをするだけでも吠えた。サハルは、そんなの当たり前だろ、だっておまえが餌《えさ》をやってるんだもの、といった。だけど、ぼくは餌をやってる人に吠えつく犬をいっぱい知ってるし、ぼくとトビアは餌をやるやらないの関係じゃない、トビアはぼくが心底好きなのだ。犬の頭のなかなんてわからないけど、ただなんか、理屈抜きでしっかりつながっている、とわかっていた。その証拠に、姉さんのバトシェバだって餌をやってたが、トビアは姉さんを心《しん》から嫌っていた。

朝、ぼくが学校に行こうとすると、いつもついてきたがった。だけど騒ぎを起こしそうで怖くて、なんとか我慢させた。わが家の庭と外の道のあいだには金網の柵があるのだが、ぼくが学校から帰ってくると、トビアはときどき、外の道を勇を鼓して通る人に金網の内側から吠えたてていた。トビアは気が狂ったみたいに走りまわって柵をつついた。でも、ぼくの姿に気がつくと、とたんに、溶けたように腹ばって、尻尾をパタパタ振りながら、あのうるさい連中が家の前を通りかかったから吠えてやった、あいつらが窮地を脱せたなんて奇跡としかいいようがない、と吠え声で話してくれるのだ。それまでに、トビアはふたりの人に嚙みついたが、さいわい、そのふたりはぼくをなじらないでくれた。そうでなくても、父さんはトビアに腹を立てて、口実をなにかと探していた。

ついに、終わりがきた。トビアが姉さんのバトシェバに嚙みつき、姉さんは救急車で運ばれて傷口を縫われた。なんとか姉さんが病院から戻ると、父さんはトビアを車に乗せた。ぼくはすぐ先のことを予感して泣きだした。母さんが、「シャウル、ねえ、いいじゃないの。この子の犬なのよ。すごい泣きようじゃないの」といったが、父さんは返事をせず、兄さんに、ついてこい、といった。「わたしもトビアが必要よ」母さんは説得を続けた。「トビアは番犬ですよ、泥棒よけの」車に乗り込もうとしていた父さんが、一瞬、立ちどまっていった。「何のために番犬が必要だ、近所に泥棒でも入ったのか？　だいたい、盗まれそうなものでも家にあるのか？」

トビアは橋からアヤロン川に投げ捨てられ、父さんと兄さんはトビアが流れに呑みこまれていく様子を見つめた。兄さんが話してくれたから、ぼくは細かいことまで知っている。ぼくは、トビアが車で連れて行かれた夜以外は、誰にもそのことをしゃべらなかったし、ぜんぜん泣かなかった。

三日後、トビアが学校にきた。トビアの吠え声が下から聞こえた。汚れきって、やたらと臭かったが、それ以外は変わりがなかった。ぼくはトビアが戻ってきたのが誇らしかった。サハルがいった、トビアはほんとは君が好きっていうわけじゃない、というのはたわごとだったと証明されたのだ。餌がほしいだけなら、特にぼくのとこに来なくたっていいんだもの。トビアは、賢いやつだ、学校にくるなんて。だって、ぼくなしで家に帰ったら、父さんがどうするのか見当もつかないもの。ぼくと一緒に帰っても、父さんはすぐ追っ払おうとした。だけど母さんが、きっとトビアだって経験を積んで学んだだろうから、この先はいい犬になるでしょ、と父さんにいってくれた。そのあと、ぼくは庭先でホースを使ってトビアを洗い、父さんには、これからはずっとつないでおけ、また何かしでかしたって知らんぞ、といわれた。

じつをいうと、トビアは何も学んでなかった。前よりずっとクレージーになり、学校から帰ると、いつも、トビアは通りがかりの人に猛りたったように吠えていた。ある日、下校するとトビアがいなかった、父さんもいなかった。母さんが、とびきり元気な犬がいると聞いたといって国境警備隊がきて捜索犬として徴用された、これからは北の国境からもぐり込もうとするテロリストに嚙みつくの、といった。ぼくは話を信じたフリをした。夕方、車で戻った父さんを、母さんがわきの方に呼んで小声で何かいうと、父さんは「いや」というふうに頭を振った。今回、父さんは車を五十キロ走らせ、ゲデラという町の先でトビアを降ろした。そう兄さんが話してくれた。兄さんの話によると、その日の午後、トビアはリードを振りきって市役所の人に嚙みついたのだそうだ。

五十キロは、車でもすごい距離だ、歩きでだと千倍は大変だ、犬の足でとなるとなおさらだ、犬の一歩はせいぜい人間の四分の一だから。だが、三週間後、トビアは戻ってきた。校門のとこでぼくを待っていたが、身動きする元気さえなくて、吠えなかった、起きあがらずに、尻尾だけ振った。ぼくが水を持っていってやると十杯ぐらい飲み干した。父さんはトビアを見てショックを受けた。いそいで台所から骨を持ってきた母さんに、「クソッ、呪《のろ》いみたいな犬だ」といった。その夜、ぼくはベッドにトビアを入れて寝た。トビアはぼくより先に眠りに落ち、眠りながら、夢の中で自分に挑発を仕掛けてくる連中に嚙みつこうと、うなったり吠えたりした。

よりにもよってトビアは、とうとう、お祖母《ばあ》さんを襲った。嚙みつきさえせず、飛びかかって、ドテンとひっくり返したのだ。はげしく頭部を打ってお祖母さんは倒れ、ぼくはみんなと一緒になって、お祖母さんを助け起こした。母さんにいわれて、台所から水をお祖母さんに持っていくと、父さんが腹を立ててトビアを車の方に引きずっていくのが見えた。ぼくは何もしなかった。母さんも。当然だ、とわかっていた。で、父さんはまた兄さんに、一緒にこいといい、今回は、銃を持ってこい、といった。兵役中の兄さんは後方部隊にいたが、遠方のキャンプ地に詰めていたので、休暇帰宅時には銃を携行していた。それでも、兄さんはいわれた瞬間には面食らって、何のために、と父さんに聞き、父さんは、トビアがもう帰って来ないようにする、といった。

二人はトビアをゴミ集積場に連れて行って頭を撃った。兄さんの話によると、トビアは自分の身に何が起きるかなんて、ぜんぜんわかっていなかった。ゴミ置き場を嗅《か》ぎまわって、何か見つけると大喜びしていた。と、いきなり――バン！　兄さんからそう聞いた瞬間から、ぼくはトビアのことをほとんど考えなくなった。それより前のときは、トビアを思っては、どこにいるんだろう、何をしてるんだろうと想像した。だが、もう想像の余地なんてなかった、だから、できるだけトビアのことを考えないように努めた。

半年後、トビアは戻ってきた。校庭でぼくを待っていた。片目が潰《つぶ》れ、足を引きずり、顎《あご》が麻痺していているらしかった。それでもぼくを見るとすごくうれしがって喜んだ、まるで何もなかったみたいに。トビアを家に連れて帰ると、父さんはまだ仕事から帰ってなかったし、母さんも留守だった。だが、帰ってきても、二人はなにもいわなかった。それだけだった。以来、トビアはぼくと一緒だった、大往生するまで、十二年間。もう、誰にも噛みつかなかった。たまに、金網の柵の外をバイクが通り過ぎたり、騒々しい物音がすると、気持ちが昂ぶるのだろう、柵に駆けよろうとするのだが、どういうわけか、中途で力尽きてしまうのだった。

でぶっちょ

　びっくりした？　もちろん、びっくりだ。女性と出かける。一回目のデート、二回目のデート、そこのレストラン、あそこで映画、いつもマチネーだけ。一緒に寝るようになり、めくるめくようなセックス、心地よさがすぐ後にくる。そんなある日、やって来た彼女が泣くので君は抱きしめて、落ち着けよ、万事うまくいってるじゃないか、と慰めると、彼女は、もうダメ、秘密があるの、それも単純な秘密じゃない、ゾッとするような呪《のろ》わしい秘密で、打ち明けたいとずっと思ってたけど勇気がなかった、という。二トンもある煉瓦にのしかかられてるみたいで、だから、どうしても、なんとしてでも打ち明けなくちゃいけないんだけど、口にしたら、途端に捨てられる、当然よね。そういって、また泣きだす。「別れないよ」と、君はいう。「そんなつもりはない、君を愛してるんだ」ひょっとして、君は少し不安だが、そんなことはない、それに、そうだとしても泣いているからで、彼女の秘密のせいじゃない。そういう秘密はたいてい、動物とのなにかとか近親相姦とか誰かに金を払ってもらったこととかだと、女たちが打ち砕かれる経験のたびに学んでいる。しまいに、「あたしって娼婦なの」というと、君は抱きしめて、「そんなことない、君はちがう」といい、それでも泣きやまないときには「シシシシ」という。「ほんとにひどいことなの」彼女は、君の平静さを、君が見せまいと懸命につとめているにもかかわらず、気づいたみたいにいいつのる。「みぞおちあたりに変な音がするんだろう」と君はいう。「でも、それって音が響いてるだけだ。吐き出しちゃえばずっと楽になる」すると、彼女はほとんどその言葉を信じ、一瞬ためらってから口にする。「夜になるとわたしね、毛深くて猪首《いくび》の、小指に金のリングをした小男に変身するっていったら、それでもわたしのことを好きでいてくれる？」で、君は、もちろん、という。だって、なんていえばいい？　否、って？　彼女は無条件に自分が愛されているか試したいだけだ、それに、ほんとに君はいつだって試験に強いじゃないか。じっさい、君がそういうと彼女はとろけて、そのまま二人は居間で抱きあう。そのあと抱きあったまま彼女は泣く、だってホッとしたんだ、それに、なぜか奇妙にも君も泣く。そして、いつもと違って彼女は起きあがって出ていかない。君と一緒に寝る。君はベッドで目を醒《さ》ましたまま彼女の美しい肢体をながめ、外では陽が沈み、どこからともなく月がのぼり、銀色の光が彼女の身体に触れ、背中に流れる髪を撫でる。すると、五分も経たないうちに、背の低いでぶっちょな男がベッドの君の隣にいるのに気づく。男は起きあがると、君に笑みかけ、恥ずかしげに服を着る。男は部屋を出ていき、君はあとを追う、魔法にかかったみたいに。彼はもう居間にいて、ぷっくりした指でリモコンをいじってスポーツ番組を見ている。サッカーのチャンピオンズ・リーグ。失点すると彼は罵《のの》り、ゴールを決めると立ちあがってウェーブをする。試合が終わると、口の中がカラカラだ、腹も空っぽだ、という。できたら仔馬か若鶏といきたいが、ステーキでも結構だ、という。それで、君は彼を車に乗せ、彼が知っているというアゾールのレストランに行く。新たな展開に君は戸惑い、当惑しきっているが、といって、どうしたらいいのかわからない、決定中枢が麻痺している。当惑したまま、ロボットみたいにギアをチェンジしてアヤロン川の方に向かい、助手席に乗った男は金のリングをはめた小指をふり、ベイト・ダゴンの交差点では車の窓をおろして君にウィンクし、ヒッチハイクしようとしている女性兵士に叫ぶ。「ベイビーちゃん、仔羊みたいに後ろからやってほしいかい?」アゾールで、君は腹がパンクしそうなほどステーキを食べ、彼は一口ひとくちを楽しみ、赤ちゃんみたいに笑う。その間ずっと君は、これは夢に過ぎない、と自分にいいきかせる——妙ちきりんな夢だ、そうさ、じきにこんな夢から醒める、と。

帰り道で、どこで降りたいか君が聞くと、彼は聞こえてないふりをするが、ひどく落胆しているようでもある。結局、君は彼を連れて帰宅する。もう三時近い。「じゃ、ぼくは寝るからね」と君はいい、彼はビーンバッグ・チェアから手をふってファッション番組をぼんやり見つづける。朝、君は疲れたまま目覚める、気のせいか腹痛もする。彼女は居間で、うつらうつらしている。けれど、君がシャワーを浴びている間にもうちゃんと起きて、おどおどと抱きついてくるが、君は戸惑い過ぎて何もいえない。ときが過ぎ、君たちは相変わらず一緒にいる。セックスはますますよくなり、彼女はもう若くないし、君だって若くない、そして、不意に、君は子どものことをしゃべりだしている自分に気がつく。夜になると、君とでぶっちょは、かつてなかったようなときを過ごす。彼は君を、それまで名さえ知らなかったレストランやクラブに連れていき、君たちはテーブルの上で踊り、皿を何枚も割る、まるで明日なんかないみたいに。でぶっちょはすごく感じがよくて、ちょっと下品になる、女性がいると、とくに。ときたま、でぶっちょが口走る言葉で、君は身の置き所がなくなったりする。だが、それ以外は、でぶっちょといるとホント最高だ。知りあったころ、君はさほどサッカーに関心がなかったが、いまじゃ、全チームに通じている。二人が贔屓《ひいき》のチームが勝つと、あたかも君たちの願いがかなったみたいに感じるが、それって、相手が何を望んでいるのかほとんどわからない君みたいな人間にとっては、かなり稀《まれ》な感性だ。そしてそんなふうに、毎晩、君は彼のそばでアルゼンチン戦を見ながら疲れ切って眠りに落ち、朝には美しくて寛大な女性のかたわらで目覚めるが、君は彼女のことも痛いほどに愛している。

赤子

二十九歳の誕生日、海にはおだやかな風が吹いていると彼は知っていた。彼女が砂も水もきらいだったので、海から遠くにいたが、それでも知っていた。海にはいつも風が吹いている。彼らは、ちょうどどこかからタクシーで戻るところで、彼はずっとデパートの包装紙のかかった段ボール箱を抱えていた。箱には、生涯最大のプレゼントが入っていた。いちばん美しい、というわけではないが、最大ではあった。彼は彼女を抱いて、頬といわず胸といわずキスし、あきれたことに彼女はキスされても戸惑わなかった。タクシー代を払うと、運転手は、こんなにお似合いのカップルは今までみたことない、といった。あっちこっち行ったり、穴のあいた墓地の上をぐるぐる飛びまわるワシみたいに立体交差だってぐるぐるまわったけど、お宅らみたいなカップルは初めてだ。運転手にそういわれた瞬間、彼は、なんだか熱いものを身のうちに感じた。大いなる真実が虚空にあらわれる、ごく稀《まれ》な機会に広がる潜在的なあたたかさだった。そのときの感覚をベッドで彼女に話すと、あなたって自分の車線さえ守れないアバタのタクシー運転手に保証してもらわなくちゃならないんだとしたら、わたしたちの愛情もほんとにおしまいのようね、と彼女はいった。彼は彼女に寄りそって、君の心はおだやかで、ぼくはその心を愛している、といった。彼女は王女のように泣いて、愛してほしい、部分じゃなくて、ぜんぶを愛してほしい、といった。二人のまぶたはそろそろふたがっていき、彼女のかたわらで子どものように、赤子みたいに丸まって眠り込んだ彼の頬を、海からの風がひんやりと撫でていった。

びん

男が二人、パブにいる。一人は大学でなんかを勉強していて、もう一人はギターを日に一度叩いてミュージシャンと称している。二人はビールをすでに二本飲み、あと少なくとも二本飲むつもりでいる。大学で勉強している方は凹《へこ》んでいる。というのも同じアパートの隣人に恋してるのだが、彼女にはヘッドホンをつけっぱなしの恋人がいて、毎晩いっしょに寝ているし、朝、たまたまキッチンでヘッドホン男に出くわすと、ご愁傷さま、という顔をされ、それでいっそう凹む。「アパートを移れよ」と、自称ミュージシャンがすすめる——この自称ミュージシャンには、対決を回避してきた歴史がある。そんな話をグダグダしているところに、突然、髪をうしろにひっつめてポニーテールにした酔っぱらいがあらわれる。ポニーテールの酔っぱらいはパブの新顔で、大学で勉強している男に、あんたの友だちのミュージシャンをびんに入れたら百シェケル出すか、と賭けをもちかける。大学男は、なんかふざけた話だと思いつつも、ああ、と話に乗ると、

ーテール男は一瞬で、ミュージシャンをゴールドスター・ビールのグ
余分な金の持ち合わせはなかったが、勝負は勝負、百シェケルを支払い、壁に
を続ける。「あいつに、なんとかいってくれ、なあ、急いで、あいつが行っちまわない
びんの中から友だちが叫ぶ。「なんていえばいい?」と大学男が聞く。「もう、びんから出してやってくれって」だが、大学男が友だちのいい分を理解するころには、もう、ポニーテールの酔っぱらいは消えている。それで、大学男はパブの支払いを済ませ、びんに入った友だちを抱えてタクシーを止め、ポニーテール男を探しに出かける。ポニーテール男は、たまたま酔っぱらったふうじゃなかった、いつも酔っぱらってるにちがいない、というわけで、二人はパブからパブへとハシゴする。ハシゴするたびに、怪しまれないよう一杯飲む。大学男はグイッとひと息に一杯、また一杯と飲んで、ますます自己憐憫を募らせ、びんの中の方はどうしようもなくて、ストローでチュウチュウやる。

朝五時、二人はぐでんぐでんになって、エレミア通りのパブでポニーテール男を発見する。ポニーテール男もぐでんぐでんで、やたらにすまながる。「ごめん」とあやまってミュージシャンをびんから出し、びんの中の人に配慮が欠けていた、とひどく恐縮して、ラストオーダーの一杯を二人にふるまう。三人は軽くおしゃべりする。ポニーテール男は、タイで出会ったフィンランド人からびんに入れたり出したりのトリックを教わったんだが、フィンランドじゃこのトリックは小銭稼ぎになるそうだ、で、そのとき以来、飲みに出て現金が足りなくて、にっちもさっちもいかなくなると、このトリックで賭けをもちかけては稼ぐ、という。ポニーテール男は恐縮のあ

まりに、トリックの種明かしさえする。ほんとに？　というほど簡単すぎて、拍子抜けしてしまうようなトリックだった。

大学男が帰宅したのは日の出のころだった。鍵穴にキーを差し込もうとするとドアが開いて、ひげを剃《そ》りたて、全身洗いたてのヘッドホン男が目の前に立っている。ヘッドホン男は恋人のアパートの隣人である酔っぱらいに「ご愁傷さま、彼女のせいで頭を打ちつけたいほど凹んでるんだよね」の視線を投げて、階段を降りていく。大学男は、そうっと部屋に這っていき、途中、彼女の部屋をのぞくと、シヴァンは——それが彼女の名だが——心もち口をあけ、赤ん坊みたいに丸くなって眠っている。和《なご》みに満ちた、格別な美しさだ。眠っている者だけがもつ美しさだが、誰もがもっているというわけではない。その瞬間、大学男は、このままの状態の彼女をびんに入れて、自分のベッドのそばに置きたいと思う。かつて、シナイ半島への旅の土産にもらった色砂模様のびんみたいに。暗闇でひとりぼっちで寝るのをこわがる子どものための、小さな灯りみたいに。

きらきらぴかぴかの目

これは、きらきら光るものが何より好きな女の子の話だ。女の子はきらきらしたドレス、てかてか光る靴下、ぴかぴかしたバレエシューズをもっていた。それに、メイドのクリスティの名をとって、クリスティと呼んでいるつやつやした黒人の人形もあった。女の子は歯までぴかぴかしていた。女の子の父親は、「輝いている」が正しい表現で、「ぴかぴか」と「輝いている」はまったく違うと主張した。「ぴかぴか」はと女の子は思った。「妖精の色よ。だから、どの色よりいっとうきれいなの」

プリム祭（「エステル記」に由来する、春にある仮装祭）で、女の子は小さな妖精に扮した。女の子は保育園で出会う子たちにきらきらを振りまき、これは特別な願いごと用の粉で、水にまぜると願いがかなうの、うちに帰って水でかきまぜると願いがかなうからね、といった。妖精の扮装はほんものと見まごうばかりで、保育園の仮装コンクールで一等になった。保育士のヒーラ先生は、あの子を以前から知ってるわけじゃなくて、たまたま通りすがりに見かけたとしたら、ほんものの妖精だって信じちゃうわね、とひとりごちた。

女の子はうちに帰ると仮装衣装を脱いで下ばきだけになり、きらきらの残りを宙に放りなげて、「あたし、きらきらした目がほしい」とわめいた。あんまりわめいたので、母親が心配して駆けてきた。「あたし、きらきらした目がほしい」と、女の子は今度はおだやかにいい、シャワーを浴びている間もずっといいつづけたが、母親に拭いてもらってパジャマを着せられたあとも、目はいつもどおりだった。たいそう美しい緑色の目だったが、きらきらしてはいなかった。「きらきらした目になれば、あたし、いろんなことができるの」と、我慢の限界に来ているらしい母親に女の子は説明した。「目がきらきらしてれば、夜、外を歩いてても車が遠くからあたしに気づくでしょ。それに、大きくなれば、暗いとこでも本が読めるから電気代の節約になる。映画館で迷子になっても、すぐママたちがあたしのことわかるでしょ、会場係の世話にならないでも」

「きらきらの目だのなんだのって、なにいってるのやら」母親はそういって煙草をくわえた。

「そんなこと、あり得ないでしょ、誰にたわごとを吹き込まれたのかしらね?」

「あり得る」女の子は叫んでベッドの上ではねた。「あり得る、ある、ある。それに、あたしのそばで煙草吸っちゃいけないのよ、健康によくないんだから」

「わかった。ほら、火だってまだついてないでしょ」母親は煙草を箱に戻した。「さあ、いい子だから横になって教えてちょうだい。誰に、きらきらの目のこと聞いたの? あのおデブのヒーラ先生だなんていわないでよね」

「おデブじゃない」女の子はいった。「それに、聞いたわけじゃない。自分で見たの。保育園に一人、きたない男の子がいるんだけど、その子の目がきらきらしてるの」

「なんていう名なの、そのきたない子って？」

「知らない」女の子は肩をすくめた。「よごれてて黙りこくってて、いつもみんなから離れてすわってる子。だけど、目がほんとにきらきらしてて、あたし、あんな目がほしい」

「じゃあ、明日、きらきらした目をどこで手に入れたか聞いてみたらどう？　その子に教えてもらったら、きらきらした目を手に入れてあげるから」母親がいった。

「明日？」

「明日まではお眠り。ママは外で煙草を吸うから」と、母親はいった。

つぎの日、きらきらした目をどこで手に入れたかきたならしい男の子に聞きたくて、女の子は父親に無理やりせがんで、朝早くに保育園に連れていってもらった。だが、一番乗りしても無駄だった、男の子は、みんなよりよっぽど遅れて、いちばん最後にあらわれたのだ。その日、男の子はよごれてさえいなかった。つまり、着ているものはシミがついて、くたびれていたが、身体をきれいに洗って、髪もだいぶとかしつけていた。

「ねえ、ちょっと」いそいで女の子は聞いた。「そのきらきらした目をどこで手に入れたの？」

「わからないよ」髪をとかしつけてきた男の子は、弁解がましくいった。「自然にこうなった」

「自然にそうなるには、どうすればいいの？」女の子は熱心に聞いた。

「うんとうんと強く、こうなってほしいって願うんだ、だけど、願いは叶《かな》わない。そうすると、目がまっすぐきらきらする」

「ばかいってる」女の子は腹を立てた、「だって、あたしは目がきらきらしてほしいって強く望んだけど、そうならないもの。望んだら、目がきらきらしてもいいはずでしょ？」

「わかんないよ」女の子の剣幕にぎょっとして男の子はいった。「ほかの人のことはわからないよ、自分のことしか」

「ごめん、怒鳴ったりして」女の子は、小さな手で男の子に触れた。「もしかしたら、特別なことを願ったときだけ、そうなるのかもね。ねえ、うんとうんと願って、だけど叶わなかった願いってなに？」

「ある女の子と、友だちになりたいって」男の子は口ごもりながらいった。

「それだけ？」女の子はびっくりした。「それって、すごく簡単なことじゃない。その子の名をいってくれたら、あたしがその子にあんたと友だちになれって命令したげる。いやだっていったら、仲間はずれにしちゃう」

「名前なんていえないよ」と男の子はいった。「はずかしいよ」

「いいわ。たいしたことじゃないもん。それに、目のことが解決するわけじゃないし。だって、誰かがあたしの友だちになってほしいって願って、そうならないなんて無理だもの、なぜって、みんなあたしの友だちになりたいからね」

「君が」男の子はひとりごとみたいに、もごもごいった。「ぼくと友だちになってくれたらって」

女の子ははっとして黙りこんだ。男の子のことばにおどろいたからで、そこでまた、小さな手をのばして男の子に触れると、女の子が通りに走り出そうとしたり、電気に触ろうとしたりするときの父親の口調でいった。「だけど、あたし、友だちになれない。だって、あたしってとっても利口で人気があるし、あんたは黙りこくって端っこにすわってる、ただのきたなっぽい男の子だもの。目がきらきらしてるってことだけが特別で、それだって、あたしが友だちになれば、きらきらはすぐ消えちゃうんでしょ。だけど、ちゃんといわなくちゃね、今日はいつもよりずっとマシよ」

「願いごとが叶うように、きらきらに水を混ぜたから」ちょっとマシになった男の子はいった。

「ごめんね」がっかりして、女の子は席に戻った。

その日一日、女の子はがっかりしていた、どうやら、きらきらの目はぜったい手に入らないとわかったからだった。お話も歌もお遊戯も、女の子のがっかりを吹き飛ばしてはくれなかった。しばらくたって、きらきらの目のことを考えなくてすみそうになると、ちらっと、端っこの方で黙りこくって自分を見つめている男の子が見えるのだった、女の子を怒らせたいみたいに、男の子の目はますます、きらきらした。

シュリキ

ルーベン・シュリキを紹介しよう。人間のなかの人間にして単なる人間ではない。その道に秀でた、才覚のある男。われわれのたいていが夢見る勇気さえない夢を実現した男だ。シュリキは掃いて捨てるほどの金をもっていたが、問題はそこにはない。シュリキのガールフレンドは、高級誌にヌードが載るようなフランス人のモデルだったが、それで男になったわけでもない。シュリキは、彼女とつきあった他の男たちとは違っていたが、とりたてて賢いわけでも、ハンサムなわけでも、つきあいがいいとか、抜け目ないとか、運がよかったわけでもない。シュリキはまさに、それこそまさに、君やぼくと同じだった――すべての点で。そしてそれがまた、一番やっかみのもとにもなる――ぼくたちみたいな、どこにでもいる男が、手の届かぬとこまで上りつめた、と。タイミングや確率に答えを求めようとすると、混乱するだけだ。シュリキの秘密はもっとずっと単純なものだった。当たり前を突きつめて成功したのだ。当たり前を否定したり恥じたりする代わりに、シュリキは自身に向かって、これがオレだといった。程度を落としもせず上げもせず、あるがまま、ナチュラルだった。彼は凡々たる発明、強調しておくが、ごく普通の発明をした。きらきらなんかしていない、平凡な、だが人類が欲するものを発明した。天才的発明は天才にとっては多分いいのだろうが、果たして天才がどれくらいいるものだろう？　平凡な発明が、すべてにとってまさる場合には。

ある日、シュリキは自宅の居間でピメント詰めオリーブをかじっていた。ピメントが詰まっていたが満足ではなかった。シュリキはピメント詰めオリーブより、オリーブそのものの方が好きだった。といって、固くて苦いオリーブの種の代わりにピメントが詰まっている方がまだいい。と、アイデアの輪の端っこ、彼の人生、はたまた我々の暮らしまで変えるにいたる糸口が頭に浮かんだのだ。オリーブ詰めオリーブ。種を抜き、代わりに切ったオリーブを詰めたオリーブ、単純明快だ。アイデアを消化するまでに少しかかるが、消化して理解すると、もう逃げられなくなる。ボクサー犬が餌食《えじき》のくるぶしにがっちり喰《く》らいついて離れないみたいに。オリーブ詰めオリーブのつぎは、すぐさま、アボカド詰めアボカド、そのあと――輝ける甘味のアプリコット詰めアプリコットとなった。六年も経たないうちに「行け行け」は距離をのばし、シュリキはなんと億万長者になった。食品業界に衝撃をもたらしたあと、不動産分野に乗りだし、といって、特に独創的なことをしたわけではなかった。彼は値の高い土地を購入しようとし、そうすると、一、二年のうちにたしかに土地はもっと値が上がった。こうしてシュリキの資産は増大していき、次第に彼はハイテク以外のあらゆる分野に投資を広げていった。ハイテク分野は言葉にだしていうことさえできないほど根本的な理由で退けた。

凡々たる人間の常として、シュリキは金で変わった。以前よりずっと偉ぶるようになり、ずっと笑顔になり、ずっと慈善家になり、ずっとデブになり、簡単にいえば、普通以上になった。人々は彼が大々好きというわけではなかったが、まあまあ気に入っていて、それだって大したことだった。一度、個人的なことにまで立ち入るテレビインタビュー番組で、シュリキは、あなたのようになりたいという野心家がいっぱいいると思いますかと聞かれた。「野心をもつ必要はありません」と、シュリキは半ば司会者に、半ば自分に微笑んでいった。「わたしとすでに同じです」視聴率ボード、この種の大受け番組のプロデューサーが購入した電子機器のボードにスタジオの割れんばかりの拍手喝采が反応した。

プールわきの安楽椅子にシュリキがゆったり腰をおろし、フェタチーズの皿をパンでぬぐい、搾《しぼ》り立《た》てのジュースを飲み、お相手のナイスバディがマットの上で裸体を灼《や》いている様子を想像してみてほしい。さて、それでは、シュリキの代わりに、搾り立てのジュースを味わい、裸のフランス人女性に英語でつまらないジョークを投げている君自身を想像してほしい。簡単、でしょう？　今度は、君たちの立場にいるシュリキを想像してみてほしい、君たちがいまいる場所で、この話を読み、ヴィラにいる君たちを思い浮かべ、君たちの代わりにプールわきにいる自分を思い浮かべる。おっと！　ほら、君たちはまたここにいて、この話を読んでいて、彼はあっちに戻った。ナチュラルに、それとも彼のフランス人のガールフレンドが好んでいうように、のんびりと、もう一粒オリーブを口に入れて種は吐かない、だって種はないんだから。

神になりたかったバスの運転手の話

これはバスに乗り遅れた人にドアを開けようとしなかった、ある運転手の話である。この運転手は、誰にもドアを開けようとしなかった。せっぱ詰まった哀願の目つきでバスに並んで走る高校生にも、もちろん、自分たちは時間通りに来たのに運転手のおまえが悪いんじゃないかみたいにドアを力まかせに叩くウィンドブレーカーの神経質な人たちにも、食料を詰めこんだ茶色い紙袋をかかえて、ブルブルふるえる手をバスの方にさしのべる老女たちにさえも、ドアを開けなかった。悪意から開けなかったわけじゃない、だいいち、この運転手にはほんのひとしずくの悪意もなかった、イデオロギーのせいだった。運転手のイデオロギーに曰《いわ》く、たとえば、遅れてきた誰かを乗せることによる遅延はせいぜい三十秒、しかし乗れなかった人はそのせいで人生のうちの十五分を失うことになるが、それでも、ドアを開けないほうが社会にとってはずっと理にかなう、というのも、バスの乗客それぞれが三十秒ずつ失うからである。たとえば、バスに六十人の乗客がいて、その後はふつうに、それぞれのバス停に時間通りに着いたとすると、全員分を合計して三十分の損失になり、これは十五分の倍である。それが、運転手がドアを一度も開けなかった唯一にして無二の理由である。乗客は、それに、ドアを開けてくれ、と合図しながら必死に走ってくる人たちは、その理由にまでは考えが及ばないだろう、と運転手は承知していた。たいていの人には最低な野郎だと思われるだろうし、個人的にはドアを開けてやって、感謝と笑顔をもらったほうがよっぽど楽だともわかっている。ただ、感謝と笑顔を受けるのと、社会を良くするのと、どちらを選ぶかで、運転手は社会を改善するほうを、なんの疑いもなく選んだのだった。

この運転手のイデオロギーをもっとも堪え忍んだであろう人間は、エディだったが、この話の乗客たちとは違って、エディは怠け者であきらめがよかったから、バスを追いかけようとさえしなかった。このエディは「ビス＝テロ」というパブ・レストランのシェフ助手で、ビス（ひとくち）＝テロは、愚《おろ》かなオーナーたちが考えだした言葉遊びの成功例だ。そこの料理はどうということもなかったが、エディ自身はなかなか感じのいい人間で、感じよすぎるあまりに、ときとして料理が上手《うま》くできないと、その料理を自分でテーブルに運んでいって謝ったりする。こうした謝罪の一つで、彼は「しあわせ」に、というか「しあわせ」の可能性に出くわしたのだが、なんとも愛らしい娘の恰好をした「しあわせ」は、彼が気を悪くしないようローストビーフをなんとか平らげようと努めてくれた。娘は、名前や電話番号を教えるのは渋ったが、つぎの日の五時に会うのを承知するくらいにはやさしかった。約束した場所、正確にいうなら水族館で。

エディには持病があって、その持病のせいで、彼はそれまでの人生で多くをオジャンにしていた。持病はポリープや腫瘍《しゅよう》のようなものではなかったが、それでもエディに甚大な被害をもたらした。病気のせいで、エディはいつも十分寝坊してしまう、どんな目覚まし時計も効果がなかった。そのせいでというか、個人的レベルの励ましや勇気づけより社会改善を優先していたわれらが運転手のせいもあって、「ビス＝テロ」の仕事にもつねに遅刻した。だが今回は、「しあわせ」とのデートがあったから、エディは病気を克服するべく、昼寝をしないでテレビを見ていようと決心した。念のため自分の身体に時計を一個でなく三個もチェーンでまきつけ、目覚まし電話さえ頼んだ。しかし、この病気には、いかんせん人智を超えたものがあって、エディは子ども番組を見ながら眠りに落ちる赤ん坊みたいにぐっすり寝入ってしまい、ルルルルルルル、と耳をつんざかんばかりにいっせいに鳴りだした目覚まし時計の音に全身汗まみれになって飛び起きた。十分の寝坊だった。エディは眠りこんだときの恰好のまま外に飛びだし、バス停に走った。走るということをすっかり忘れていて、足が地面をはなれるたびにもつれた。授業をサボるなんて考えつかなかった小学六年生ごろ、体育の時間に走ったのが最後だったが、今回は体育の授業のときとは違って、必死に走った、今回は失うものがあったし、「しあわせ」を追い求めるためには胸筋の痛みも取るに足りなかった。じつのところ、われらが運転手がまさにドアを閉め、停留所を後にしようとしている点をのぞけば、エディにとっては取るに足りないものだった。運転手はバックミラーにエディを認めたが、すでにいったように彼はイデオロギー、すなわち正義の追求と単純計算を全てに優先すべきだというすじの通った理想に邁進《まいしん》する男だった。ただ、エディにはそんな計算はどうでもよかった、生まれてはじめて遅刻したくなかったから、〃

た、たとえ追いつけないとわかっていても、追いかけた
手をさしのべた、ただし半分だけ。というのもバス停のさき百メ
が、バスが着く一秒前に赤に変わったのだ。エディはバスに追いつき、運転
をひきずった。精も根も尽き果てて、強化ガラスのドアを叩きさえせず、うるんだ
見つめたきり、荒い息をしながらくずおれた。そのとき、運転手はふと、かつてのなにか、の運転手になろうとしていたころより前、神になりたかったころの、なにかを思い出した。結局は神になれなかったのだから、その思い出はいささかわびしいものだったが、そのいっぽう、バスの運転手になれたから、うれしくもあった、それこそ、二番目になりたいものだったのだ。そして運転手は思い出した、いつか神になったあかつきには、情け深く憐れみに満ち、目にするものすべてに耳を傾けようと自分に誓ったんだと。それで、運転手の高い席からアスファルトに膝をついたエディを見て、単純計算とイデオロギー遵守《じゅんしゅ》精神にもかかわらず、やむにやまれぬ思いでドアを開けた。エディはバスに乗ったが、息が苦しくて、ありがとうさえいわなかった。

　ここで、この話をやめるのがいちばんいいのだろう、というのも、エディは水族館に時間通りに着いたけれど、「しあわせ」はついに来なかったから。彼女には恋人がいたのだ。やさしさのあまり、そのことをエディにいう気になれず、結局はエディを振ったのだった。エディは約束していたベンチで二時間ほど待った。ベンチで、エディは人生について鬱々《うつうつ》たる思いをこねくりまわし、それから日没を、どちらかといえばかなり見事な日没を眺め、筋肉痛の徴候を感じていた。もと来た道をたどり、家に帰ろうと思ったところで、停留所で乗客をおろしているバスが遠くに

見えたが、元気があって走ったとしても間に合いっこないとわかっていた。それでゆっくり歩いたが、一歩進むたびに筋肉が億単位の度合で疲労していくのがわかった。やっと停留所に着くと、バスがエディを待っていた。運転手は、イラついた乗客たちのぶつくさいう文句や声高な苦情にもめげず、エディがバスに乗って席を見つけて座るまでスターターに触らなかった。そしてバスが動きだすと、バックミラー越しにエディにかなしげなウィンクをおくった、すべてをほとんどチャラにするウィンクだった。

子宮

　ぼくの五歳の誕生日に母に癌《がん》が見つかり、医者たちに子宮を摘出しないといけないといわれた。かなしい日だった。みんなで父のスバルに乗って病院に行き、医者が手術室から出てくるのを待った、医者の目に涙が浮かんでいた。「こんなに美しい子宮にお目にかかったのは、わが人生ではじめてです。わたしはまるで人殺しのような気分です」医者はそういって、白いマスクをはずした。母の子宮はほんとにきれいだった。あんまり素晴らしかったので、病院は美術館に子宮を寄付した。ぼくたちは安息日になるとわざわざ美術館に出かけ、おじさんが子宮のそばに立つぼくたちを撮った。そのころ、もう父は国内にいなかった。手術のつぎの日、離婚したのだ。「子宮のない女は女じゃない。女じゃない女と暮らす男は、男じゃない」と、父はアラスカ行きの飛行機に乗る直前、ぼくと兄にいった。「大きくなったらわかるさ」

　母の子宮の展示室は、全体に暗かった。たった一つの光源は子宮で、夜間飛行の機内みたいにかすかで繊細《せんさい》な光を発していた。写真で見ると、フラッシュのせいではっきりは見えないけれど、ぼくはこの目でちゃんと見て、医者がなぜ泣いたのか理解した。「おまえら、ここから来たんだ」とおじさんがいって指さした。「王子さまみたいに、ここにいたんだ。すごいおっかさんだ、なあ、立派な母親だ」

とうとう、母は亡くなった。どんな母親もしまいには死ぬ。そして、父は有名な極地探検家兼鯨とりになった。ぼくがつきあった女の子は、ぼくが子宮をのぞきこむと必ず、それって生態観察みたいでロマンティックじゃない、といって気を悪くした。だが、そのうちの一人、なんかちゃんとした娘が結婚を承知してくれた。子どもたちが生まれると、ぼくは、まだ乳飲み子のうちから叩いた、泣き声がうるさかったからだ。子どもたちは、そこから教訓をしっかり得て、生後九か月かそれ以前に泣きやんだ。はじめのうち、子どもが誕生日を迎えるたびに、祖母の子宮を見せに美術館に連れていったが、子どもたちはちっとも感激しなかったし、妻がいらついたので、かわりに、だんだんディズニーの吹替え映画に連れていくようになった。

いつだったか、ぼくの車がレッカー移動になり、その移動車両置き場が美術館の近くだったので立ち寄ってみた。子宮はいつもの展示室になく、古い絵画類が詰めこまれた副室に移されていて、近寄ってみると全体が緑色の点々でおおわれていた。なぜ誰もきれいにしてあげないんだ、と守衛に聞いたが、守衛は肩をすくめるだけだった。展示責任者に、もし人手が不足してるなら、ぼくにきれいにさせてもらえないだろうかと頼んでみた。だが責任者はぼくの頼みを意地悪く退け、美術館員ではない者は展示品に触ってはならない、といった。妻は美術館側が百パーセント正しい、子どもが出入りするような公的な場所に子宮を展示するなんて常軌を逸していると思っていたといった。ぼくは、そういわれて思考が停止した。内心、美術館に押し入って子宮を盗みだして世話しよう、でないと、今までどおりの自分じゃいられない、とわかっていた。あの夜、飛行機のタラップをのぼった父のように、自分がするべきことがはっきりわかっていた。

それから二日後、仕事用のバンで閉館時刻近い美術館に乗りつけた。各室ともひっそりしていたが、たとえ人に会ってもぼくは平気だった。今回は武装していたし、そのうえ、すごい計画もあった。唯一の問題は子宮そのものが消えていたのだ。展示責任者はぼくを見てかなり驚いたようだったが、新品のピストル「ジェリコ」の銃床を喉《のど》にねじ込まれると、あわてて情報を吐いた。子宮はその前日、さるユダヤ人慈善家に売却され、その慈善家の依頼でアラスカのコミュニティセンターの一つに送られたが、その途中の海上で、エコロジー・フロントの現地支部員数名によってハイジャックされた。エコロジー・フロントはメディアに向けて、子宮は捕虜とはみなされないので自然の懐に返した、と発表した。このエコロジー・フロントは、ロイター通信によると、過激かつ危険で、引退した鯨とりの指揮下にある海賊船を活動拠点にしているそうだった。ぼくは責任者に礼をいって、ピストルをケースにしまった。家への帰り道、信号はぜんぶ真っ赤だった。ぼくは、喉に詰まった塊を飛ばしたくて、ミラーなんか一切見ずにレーンを無視して車を飛ばした。ぼくの母の子宮が、露をしとどにいだいた緑の原のまっただ中にいる、イルカや鰹《かつお》の群れにかこまれて大洋をただよっている、と想像しようとしながら。

地獄の滴り

ウズベキスタンのどこか、地獄の入り口の真上に村があった。農業にはまったく不向きな土地で、鉱物資源もとりたててなく、村の人たちはわずかばかりの金を旅行者からかき集めて、なんとか暮らしていた。旅行者といったが、わたしはアロハシャツを着た金持ちのアメリカ人とか、動くものならなんでもカメラで撮りまくるニコニコ顔の日本人をさして旅行者などといってはいない。そういう連中は、うら寂しい穴なんかを探しにウズベキスタンまで来たりしない。わたしがいう旅行者とは、内部からの旅行者だ、内のなかの内からの。

地獄から出てくる人々はそれぞれ異なっていて、はっきりしたプロフィールは描きがたい。デブ／痩《や》せ、髭《ひげ》あり／髭なし、種々とりどりだ。全員に共通する点をあげるとすれば、ふるまいだろうか。みんなおとなしくて、礼儀正しい。金銭面でも常にきっちりしている。ぜったい、値切ったりしない。それにいつも、何がほしいかよくわかっている。ほとんど迷わない。店に入ってきて、いくらですか、と聞く。包んでください／包まないでください、それだけ。全員、いっときの客だ。一日だけいて、地獄に戻っていく。決して、その客とまた出会ったりすることはない、なぜなら、彼らは百年に一度しか出てこないからだ。そういうものなのだ。新兵訓練期間中は金曜日の午後三時にならないと安息日休暇をもらえないみたいに、時計がひとまわりすると五分の座り休憩にありつける見張り兵みたいに、地獄の住人たちは百年に一度、一日の休暇をもらえる。そのことについて、むかしは理由があったにしても、今では、その理由をおぼえている者なんかいない、決まりに過ぎない。

アナはものごころついてから、祖父の食料品雑貨店でずっと働いてきた。村人のほかに、客はたいしていなかったが、それでも、数時間に一度は彼らが硫黄《いおう》のにおいをぷんぷんさせて、煙草とか、チョコレートとか、何か買いにくる。彼らのなかには、本人には未知の、罪を犯したほかの魂から聞いたらしい品物をほしがる者もいる。そうやって、アナは、彼らがコーラの缶と奮闘したり、包装紙にくるまったままのチーズを齧《かじ》ろうとしたり、似たようなことを、いろいろ見てきた。ときには話しかけよう、仲良くしよう、としてみたが、彼らはウズベク語だかなんだか、アナが口にする言葉がぜんぜんわからなかった。だからしまいには、いつも彼女は自分をさして「アナ」といい、彼らは自分たちをさして「クラウス」とか「ス・ヨング」とか「ニシム」とか、ぼそぼそつぶやいて代金を支払い、同じ道を戻っていく。たまには、そのあと夕方なんぞに通りをうろついたり、どっかの道ばたに座りこんだりしていた彼らが、たちまち降りてくる夜を呆然《ぼうぜん》と眺めている姿を見かけることもあったが、次の日にはもう彼らの姿は見えなかった。アナの祖父には持病があって、夜間一時間以上は眠ることができなかったので、彼らが明け方、地獄の入り口にどうやって降りていくか、孫娘に見たことを語って聞かせた。地獄の入り口は店のベランダからほんのちょっとのところにあった。祖父はそのベランダから、かなりのワルだったアナの父親が酔っぱらって、なんとも下卑た歌をうたいながら入り口に降りていくのを見た。その父親もあと九十何年かしたら、ここに一日戻ってくるはずだ。

おかしなことに、ここに暮らしていて、アナはこうした人々にいちばん興味があった。彼らの顔つきや妙ちきりんな服装から、どんな恐ろしいことをしでかして地獄にいく羽目になったのか想像してみたりした。何にも起きなかったので、そんな想像しかすることがなかった。店番に退屈すると、ときどき、ドアを開けて入ってくる次の罪人を想像してみた。そういうときはいつも、とてもハンサムか、すごく面白い人物を思い浮かべてみる。それに、数週間に一度はびっくりするほどの美男子が入ってくることや、缶を切らずに缶詰めを食べようと必死になるような人物があらわれることだってあって、そのあと何日も、祖父とアナはそのことを話題にするのだった。

あるとき、たいそう美々しい男が入ってきたので、アナは彼のそばにいなくちゃ、とひたすら思った。その男は白ワインとソーダ、いろんな香辛料を買い、アナは料金を計算するかわりに、彼の手をとって家に連れていき、彼のほうは言葉ひとつ理解できないままアナについていってためし、何度かためしてみたが無理だとはっきりわかると、アナはどうってことないの、大丈夫よ、と伝えたくて、精いっぱいにっこり微笑んで抱きしめた。だが、そんな努力も無駄で、彼は朝まで泣きつづけた。彼が去ってから、アナは彼がまた来てくれますように、すべてうまくいきますように、と毎晩祈った。自分のためというより彼のために祈った。祖父にそう話すと、おまえはいい心根の持ち主だ、と微笑んでくれた。

二か月後、彼が戻ってきた。店に入ってきてパストラミのサンドイッチを買い、彼女がにっこり笑みかけると、にっこり笑みかえしてきた。祖父は、彼のはずがない、彼らは百年に一日しか出てこないことになっている、きっと、彼の双子の片割れかなんかじゃないかといい、彼女にしたところで百パーセントの確信はなかった。けれど、どっちにしても寝てみると、どういうわけか今度はうまくいき、彼はしあわせそうで、彼女もしあわせだった。そこで、彼女はふっと、彼のためにだけ祈ったわけじゃなかったと気がついた。そのあと、彼は台所にいき、あれ以来置きっぱなしだったソーダと香辛料とワインの袋を見つけて、アナと自分のために、ピリッと辛くて、ふつふつと泡立つ、地獄の滴りのような、ワインのような、ひんやりする飲みものをつくった。

その夜のおわり、彼が服を着ると、いかないで、と彼女は頼み、彼は、どうしようもないんだ、というふうな仕草で肩をすくめた。彼がいってしまうと、もう一度来てくれますよう、あの人が彼であったとしても、なかったとしてもどっちでもいいです、また間違えてしまうほどよく似た人が来てくれますように、と祈った。それから数週間後、彼女は吐き気をおぼえ、どうか赤ちゃんでありますように、と祈った。だが、単なるウィルスのせいだった。そのころ、村の人たちは入り口が塞《ふさ》がれる、内側から閉じられる、といいだした。その話にアナはひどく怯《おび》えたが、祖父は退屈しきった村の人たちのうわさ話に過ぎん、といった。「心配せんでいい」と、祖父はアナに笑みかけた。「あんまり長いこと存在している入り口だから、悪魔だろうと天使だろうと、そいつを塞ごうとするはずはないさ」彼女は祖父の言葉を信じたが、ある晩、夢をみたわけでもないのに、入り口がもうなくなっているような胸騒ぎがして、パジャマのまま外に飛び出し、ちゃんと入り口があるのを確かめて、ほっとした。そのとき、ほんのいっときだが、中に入りたい、と思ったのをおぼえている。なんだか、中に引きずり込まれるような気がした、あの青年への思いからか、それとも相当なワルだった父親が恋しくてか、なによりたぶん、退屈でうんざりする村にひとりきり残されたくなかったのだ。彼女は、入り口からあふれてくる冷たい空気に耳をあてた。わめき声や水の流れのような音が、遠くかすかに聞こえた、何の音かわかりようもなかった。はるか遠くの音だった。とうとう彼女はベッドに戻り、それから数日後、ほんとうに入り口は消えた。地獄はその下のほうで存在しつづけたが、もう誰も出てこなくなった。

入り口が消えてから、暮らしはいっそうきつくなり、疲れはしたがおだやかにもなった。彼女は魚屋の息子と結婚し、ふたつの店はひとつになった。子どもが何人か生まれ、彼女は好んで子どもたちに話を、とくに硫黄のにおいをさせてやってきた人々について聞かせた。子どもたちは話に怯えて泣きだしたりした。だが、それでも、なぜかわからなかったが、しつこくアナは語って聞かせようとした。

ぼくの親友

親友が夜、ぼくのアパートのドアに小便した。ぼくはエレベーターなしの賃貸アパートの四階に住んでいる。犬は自分のテリトリーを誇示したり、他の雄犬を遠ざけようとして、ときどき小便を引っかける。だけど、彼は犬じゃない、ぼくの親友だ。それに、彼のテリトリーじゃない、ぼくの部屋のドアだ。

それより数分前、ぼくの親友はバスを待っていた。切迫した気分だった。少しずつだが、膀胱《ぼうこう》が急を告げだしている。彼は闘おうとし、バスはすぐ来ると自分にいいきかせ、だが、いいきかせてからもう二十分経過していた。そこで、ふと、そこから数百メートルのところに親友のぼくが住んでいるのを思い出した、ザメンホフ通り十四番、エレベーターなしの賃貸アパートの四階。彼はバス停をあとにして、ぼくのアパートに向かって歩きだした。歩くというより、小走りだった。それから完全疾走。我慢は一歩ごとに耐えがたくなり、どっかの庭にはいりこんで庭柵か植木かガスボンベに向かってしちまおうかと思った。そう思ったときには、ぼくんちまであと五十メートル足らずで、その考えはいささか野卑で、すごく軟弱《ヤワ》に思えた。ぼくの親友についちゃなんだかんだ悪口はいえるが、軟弱《ヤワ》じゃない。だから、もう五十メートルがんばり、アパートを四階までのぼった、一段ごとに膀胱が風船みたいにふくらんで、いまにも破裂しそうだった。

やっとぼくの住まいにたどり着き、ドアをノックした。それからチャイムを鳴らした。また、ドアを叩いた、ドンドンとはげしく。ぼくは部屋にいなかった。これほどにぼくを必要としているいま、親友のぼくはどっかのパブに出かけて、バーカウンターにゆったりすわり、入ってくる女の子をつかまえては、家にこないかと口説いていた。ぼくの親友はぼくを盲目的なまでに信じていたが、もう間に合わなかった。ドアの前で自棄《やけ》になった。四階分の階段をおりるまで我慢できなかった。「ごめん」と、そのあと、シワだらけのメモを残していくしかなかった。

その晩、ぼくのアパートに来るのを承知した女性は、水たまりを見て悔やんだ。彼女はいった。「まず、ぞっとする。わたし、この水たまりを越えるつもりないわよ。それに、たとえ拭き取っても、もうにおいが家のなかにこもっちゃってるでしょ。それから」そこで、唇をかすかにゆがめた。「あんたの親友がドアにおしっこしたんなら、それって、なにをかいわんや、ね」それから、わずかな沈黙ののちにいった。「あんたにとっちゃ」また、しばしの沈黙。「いいことじゃないわね」そういい放つと、いってしまった。テリトリーを誇示するために犬はそういうことをする、と彼女がいったのだ。そのとき、「犬」といったあと、ちょっと間をおいて、意味深長な目でぼくをじっと見つめた、ぼくの親友と犬との間にいっぱい想像ができるんじゃない、という目つきだった。そういう目つきをして、彼女は立ち去った。ぼくはキッチン側のベランダから床用モップとバケツを持ってきて、水たまりを拭きながら「ウィー・シャル・オーバーカム」を口ずさんだ。彼女にビンタを喰《く》らわすのを我慢した自分がすごく誇らしかった。

アブラム・カダブラム

五時に強制執行の男が二人やってきた。一人は汗かきのデブで、家具類をためつすがめつしては、書類を埋めていった。もう一人は冷蔵庫に寄りかかってチューインガムを嚙《か》んでいた。

「だいぶ揉《も》めた、な?」チューインガムの男がアブラムにいった。

「いや」アブラムは頭を振った。「ぼくじゃない、友だちです。ぼくは保証人としてサインしただけです」

「保証人、へえ? そりゃ、ややこしいことに巻き込まれたな」男は無関心そうにいって冷蔵庫のドアを開け、「いいかな?」と、コーラのペットボトルを指さした。

「どうぞ」アブラムはいった。「下の引き出しには果物もあります。食べてもらえば、下におろすとき、ずっと楽でしょう」

「そうか、それは思いつかなかった」無関心男はペットボトルから直接飲み、「気が抜けてるぜ」

と、がっかりした。

デブがちょうど台所に入ってきたので、無関心男は「カウフマン」と声をかけた。「なあ、ちょっと、コーラはどうだ？」

「なんだ、ニシム、コーラなんかいらん」デブは怒った。「仕事をしてるのが見えんのか？」

「見る必要ないね」ニシムはそういって、またひと口飲んだ。

デブはアブラムのそばにいった。「画面は何インチだ？」

「画面？　何の画面です？」面食らってアブラムは聞いた。

「画面だ、テレビ画面。寝室の段ボール箱に入ってるやつだ」デブは、イラついた。

「テレビ？　二十二インチです。だけど触っちゃだめですよ、ぼくのものじゃない、母へのプレゼントです。来週の十五日が、母の六十歳の誕生日なんです」

「おまえが買ったのか？」デブが探りをいれた。

「ええ、ぼくです、だけど……」

「なあ」デブはアブラムの肩を汗ばんだ手で叩いた。「支払い能力のないやつはプレゼントなんか買わない方がいいんだよ」

デブは部屋を出ていった。もう一人はアブラムをものがなしげに見やった。

「母親にプレゼントを持ってかないなんて、しかも六十歳の誕生日にさ、そんなの侮辱だよな」

アブラムは返事しなかった。

「ややこしいことに巻き込まれたな」数分の沈黙の後にまた、無関心男がいった。

デブが台所に戻ってきた。「おい、ちょっと来てくれ」

アブラムはデブについてベランダにでた。デブは、そこの大きな箱のそばで立ち止まった。

「何だ、これは?」デブが聞いた。

「マジック・ボックスです」アブラムはいった。

「マジック?」デブは疑い深げに目を細めた。「マジックって、何だ?」

「ショーをするときに使うマジック道具が入ってます」アブラムはいった。「ぼくはマジシャンで、箱には仕事道具が入っているんです」

「そうだ!」あとについてベランダに出てきた無関心男が声をあげた。「どこかで見た顔だと思ってたが、どこだったか思い出せなかった。あんたはアブラム・カダブラム、子ども番組にもじゃもじゃのチビ犬と出演してるよね。あんた、毎週マジックのやり方を教えてるだろ、な? 息子がファンなんだ。一日じゅう、あいつは……」

「この道具類は高価か?」デブが割って入った。

「ぼくにとっちゃ高価です、金より」アブラムは肩をすくめた。「だけど、ほかの人には……」

「それは、おれが決める」デブがいった。「箱を開けろ」

アブラムは箱を開け、そこからいろんなものを引っぱりだした。いろんなスカーフやハンカチ、ジャグリングの棒、植木鉢や木の箱などなど。

「これはなんだ?」デブが中くらいの木の箱をさした。箱には緑色の龍が火を噴いている図柄が彫り込まれている。

「お見せしましょうか」と、アブラムはデブをおもしろげに見やっていった。「マジックです」囁《ささや》くようにいい、黒のトップハットの埃《ほこり》をぬぐってかぶった。

「魔法の国のマジックです」カダブラムは戸棚に置かれたラジオ付き時計に近寄ると、プラグを抜いて箱に入れた。「ホクス‐ポクス」といいながら、木箱から取りだした棒の一本で数回箱のふたを叩いた。そして、また箱を開けた。箱は空っぽだった。ニシムが賛嘆の口笛を吹いた。

「すぐ時計を戻せ！ すぐだ！ 聞いてるか？」デブはわめいて、アブラムの面前で手にした書類を振った。「そいつの受領書はもう書いてあるんだ」

カダブラムはにっこり笑って箱を開けた、中には黒いガウンが入っていた。カダブラムはガウンを手に取ると寝室に向かった。

「おい、おれをイラつかせるな、わかるか？ 時計を即刻戻すんだ！」置いてけぼりになったデブが、後ろからわめいた。

カダブラムはガウンを、母親のために買ったテレビが入っている段ボール箱の上に広げた。

「何様のつもりだ？」デブは腹を立てた。カダブラムはデブの目をまっすぐにらんだ。「アッラー・カザム、アッラー・カゾム」小声でいい、パッとガウンを引っぱった。段ボール箱はそのままだった。デブはほっとしたようにため息をついた。カダブラムは手にした棒の先で段ボール箱のふたをつついて開けた。なかは空っぽだった。デブの肩越しにのぞきこんでいたニシムがやんやとばかりに手を叩いた。

「やりすぎだぞ」デブはいった。「いいか、なあ、今のは犯罪だ、まさに窃盗だ。聞いてるのか、おい？　おれは警察を呼んで来る。わかったな？」

デブは寝室を出て、ドアをバタンとしめた。

「いまのすごかったな、すごいよ」ニシムが感心していった。「だけど、あのカウフマンは卑劣な奴だから、ほんとに警察に行くぜ」

「大丈夫です」アブラムはそういってテレビをベッドの下から引っぱりだした。「警察を連れて戻ってくるまで、少なくとも三十分かかるでしょう。そのあいだに、これを両親の家に移しますから」

ニシムはアブラムを手伝ってテレビを持ちあげた。

「ありがとう」アブラムはいった。

「おれからの、誕生日おめでとう、も伝えてくれよ、な。おれ、あんたのおふくろさんを知らないけどさ」

アブラムはうなずいて部屋を出た。

「おい、アブラム」後ろから、戸口近くのアブラムにニシムが叫んだ。

アブラムが立ち止まって振り返った。廊下のはしにニシムがトップハットをかぶり、脇にマジック棒を抱えて立っている。

「すごいもの見つけたぜ」そういって、デブが書き込んだ書類の束をアブラムに振って見せた。「カウフマンのやつ、こいつを忘れていっちまった」

ニシムは書類を丸め、右手で握りつぶして紙玉にした。「アッラー・カザム、アッラー・カヅム」小声でいい、握りしめたこぶしにマジック棒を置いた。書類が消えた。「テ・ダム！」ニシムは叫ぶと、トップハットを脱いで深々とお辞儀した。

死んじゃえばいい

ハヌカ（十二月にある祭）の一週間の休み、両親はぼくを寄宿舎に入れた。最初の瞬間からぼくはそこにいるのがいやでいやで、泣きっぱなしだった。ほかの子たちは遊んでいるのに、ぼくにはなにが楽しいのかわからなくて、それでいっそう泣いてしまった。ほかの子たちに涙声を聞かれたくなかったし、かまわれるのがいやだったので、一日じゅう、ギュッとくちびるをむすんで押し黙ったまま、クラブやプールサイドをうろつきまわった。

夜、消灯になってから数分待って、食堂横の公衆電話に走った。雨が降っていたが、トレーニングシャツに裸足《はだし》のまんま水たまりを走った。寒くて、ひとりでに口があき、ぼくの声じゃないみたいなすすり泣きが漏れた。それで、ぎょっとした。家に電話したら父さんがでた。走っている間、母さんにでてほしいと思っていたのに、いま、この寒さと雨と喉《のど》から込みあげたすすり泣きとで、もうどうでもよくなっていた。迎えに来てほしいといい、そこで、ほんとにわっと泣きだした。父さんは少し怒り、二度ほど、どうしたんだ、と聞き、それから母さんにかわった。ぼくは泣きじゃくって、口がきけないほどだった。「すぐ迎えに行くからね」と、母さんがいった。父さんがなんか文句をいうのが聞こえ、母さんが腹立たしそうにポーランド語で返事をしてから、「ぼうや、聞こえる?」といった。「すぐ迎えに行くから、部屋で待ってるのよ。外は寒いし、あなた咳《せき》してるでしょ。部屋で待つのよ、すぐ行くから」

電話を切ると、ぼくは門まで走った。舗道《ほどう》のわきに座りこんで母さんたちの到着を待った。一時間以上かかるとわかっていた。時計がなかったから、心の中でいろんな方法で時間を数えてみたりした。寒かったけど、同時にあったかくもあった。だが、二人は来なかった。頭の中の計算では二百年以上過ぎていたし、いつの間にか空が明るみだしていたが、二人は来なかった。嘘《うそ》つき。来るっていったのに、大嘘つきだ、死んじゃえばいいんだ。もう泣く力もなかったが、ぼくは泣きつづけた。とうとう、指導員の一人に見つけられて看護室に運ばれ、錠剤を飲まされた。ぼくは誰とも口をききたくなかった。

お昼になると、眼鏡をかけた女の人が来て看護師に耳打ちした。看護師はうなずいて、大きい声でいった。

「かわいそうなぼうや、きっと予感がしたのね」眼鏡の人はまたなにか看護師にいい、看護師はまた大声で返事した。「ねえ、ベラ、あたしは教養があるし、その辺の市場をうろついてる女たちとは違うのよ、だけど、科学で説明のつかないようなことだってあるのよね」

そのあと、ぼくの兄さんのエリが来た。ドアのところでエリは身をこごめるようにして立ち、微笑もうとした。兄さんは看護師といくつか言葉を交わしてから、ぼくの手を握ると、駐車場に向かった。部屋から荷物を取ってこい、とさえいわなかった。

「母さんと父さんが迎えに来るっていったのに」ぼくは泣きべそをかきながら訴えた。

「わかってるよ」ぼくのほうをまったく見ないで、エリがいった。「わかってる」

「だけど来なかった！」ぼくは泣きじゃくった。「ひと晩じゅう、雨の中で待ってたんだ。大嘘つきだ。死んじゃえばいいんだ」

と、兄さんが向きなおって、ぼくをピシャッと叩いた。黙れって子どもを叩くようなピシャッじゃなかった。力まかせのビンタだった。足が地面をはなれるような感じがし、宙に少し浮いて、それから、ぼくは倒れた。すごく、びっくりした。エリは、体育会系じゃないし、殴ったりするのが好きな連中ともちがう。ぼくはアスファルトから立ちあがった。身体じゅうが痛くて、しょっぱい血の味がした。あごがズキズキしたが、泣かなかった。なのに、エリはいきなり、「チクショウ、どうしたらいいんだ」といって、ぼくのそばに座りこんで泣きだした。しばらくして、少し落ち着いてから、ぼくたちはエリの車でテルアビブに帰った。ずっとエリは黙りこくっていた。エリのアパートに着いた。エリは兵役を終えたばかりで、友だちとアパートをシェアしている。

「君の母さんは」エリがいった。「つまり、ぼくたちの母さんは」ふっと、二人とも黙りこんだ。「母さんと父さんは、なあ」と、エリはもう一度いおうとして、やめた。しまいに、二人ともぐったりした。ぼくは朝から何も食べてなかったから腹ぺこで、それで二人でキッチンに行った。

兄さんがスクランブルエッグを作ってくれた。

善意の標的

郵便受けで部厚い封筒がオレを待っていた。封筒をあけて金を数えた。全部ある。封筒には標的の名前、パスポート写真、それに標的を発見できる場所を記したメモも入っている。オレは毒づいた。なぜかわからない、オレはプロで、プロはそういう振る舞いはしないものだが、口汚い言葉がひょいと口をついて出た。名前を見る必要もなかった。写真でわかった。グレース。パトリック・グレース。ノーベル平和賞受賞者。善人。いままで見知った人物のなかで——最高にいい人。世界に比類なき人物。

パトリック・グレースには一度だけ会ったことがある。アトランタの児童養護施設で。オレたちはそこで動物のように扱われていた。年がら年中汚れた恰好のままうろつきまわり、どうにかこうにか食べものをあてがわれ、口をひらくと、ベルトで殴られた。口をとじていても、しょっちゅうベルトを振りおろされた。グレースの来訪がわかると、彼らはオレたちを洗いあげた、オレたちと、彼らが児童養護施設と呼ぶゴミ溜めを。グレースがくる前に、院長から通告があった。おしゃべりしたり文句をいったりすると、あとでそれなりの報いを受ける、と。それまでにその意味するところを十分思い知らされていたから、グレースが入ってくると、オレたちは羊のごとく口をつぐんだ。グレースはオレたちと会話したがったが、はかばかしい反応は引き出せなかった。子どもたちはプレゼントを受けとると「ありがとう」といって、それぞれのベッドに戻っていった。オレはダーツ盤をもらった。お礼をいうと、グレースが顔に手をのばしてきた。オレは固まった。ひっぱたかれると思った。グレースはそっとオレの髪をなで、何もいわずにシャツを引きあげた。その頃、オレはあんまり口をとじていなかった。グレースはその証拠を背中に見いだした。はじめは黙っていたが、何度かイエスの名を口にした。それから、シャツをおろして、オレを抱きしめた。抱きしめながら、もう誰も、これ以上叩かれたり殴られたりしないようにすると約束した。もちろん、オレは信じなかった。人はふつうこんなふうに親切な態度をとったりしない。一種の訓練だ、とオレは思った。すぐにもベルトが振りおろされる、と思ってこわかった。抱きしめられている間じゅう、もう行っちゃってくれ、と願っていた。彼は立ち去り、その夜のうちに院長と職員が総入れ替えになった。その夜以来、オレは誰にも殴られたことがない、ジャクソンビルで消した黒人以外には。オレはそいつを公共善のために消した。そのときから、誰ひとり、オレに手をあげたことはない。

あれからパトリック・グレースに会ったことはないが、彼に関するニュースや記事をずいぶん目にした。彼が助けた人々について、彼の善行について。いい人だった。たぶん、世界でいちばんいい人。この醜悪な地上で唯一、人間、といっていい人物だ。その人物と二時間したら会う。二時間後、その人物の頭に弾丸を撃ち込むことになっている。

　オレは三十一歳。仕事をはじめて、二十九件の契約を請け負った。ぜんぶ、やり遂げた。二十六件は一発で終えた。オレは自分が殺《や》る人間を理解しようとしない。一度も、何のためになんて考えたりしない。ビジネスはビジネス、さっきもいったように、オレはプロフェッショナルだ。評判がいい。オレみたいな職業じゃ、評判が何よりものをいう。第一、新聞に広告を出すわけでなし、クレジットカードを持つ人間に特別レートを提供するわけでもない。仕事を完全に遂行するという保証があればこそ客はくる。だから、契約不履行なんて絶対しない。オレの仕事歴を調べれば満足した客だけがいる。ご機嫌な客と死体が。

　通りに面した、真向かいにカフェがある部屋を借りた。他の荷物は月曜日に届く、と家主にいって二か月分前払いした。標的の到着まであと半時間。銃を組み立て、赤外線照準器を合わせた。あと二十六分。煙草に火をつける。何も考えないよう努めた。煙草を吸い終え、吸いさしを部屋のすみに飛ばした。ああいう人物を殺すなんて、誰にできる？　悪魔かイカレた奴だけだ。オレはグレースを知っている、まだチビだったオレを抱きしめてくれた、だが、仕事は仕事だ。感情を持ちこんだら、それでおしまいだ。部屋のすみの絨毯《じゅうたん》から煙があがりだした。ベッドから起きあがって、吸いさしを踏みつぶす。あと十八分、あと十八分で終わり。サッカーのこと、ダン・マリーノのこと、車のフロントシートでやらせてくれた四十二番街の娼婦のことを考えようとした。何も考えまいとした。

彼は時間どおりにあらわれた。後ろ姿と、漂うようなひょいひょいとした歩き方と、肩まで届く髪でわかった。彼はカフェの外のいちばん陽の射す席、ちょうどオレの真ん前に腰をおろした。完璧な角度。中くらいの射程距離。目をつむってでも撃てる。彼のこめかみのそば、わずか左側に赤い点がつく。右方に修正して照準を合わせ、息をつめる。

そこに、ホームレスの老人、町にあふれている典型的なホームレスが全財産を数個のペーパーバッグにつめ込んで通りかかった。ホームレスのペーパーバッグの紐《ひも》がカフェわきの舗道《ほどう》で切れた。がらくたが転がりだした。グレースの身体が一瞬こわばって口の端が痙攣《けいれん》したが、さっと立ちあがって老人を助けるのが見えた。舗道に膝をついて、新聞や空き缶をペーパーバッグに戻している。照準器はグレースの顔に当たったたまま。彼の顔はいまやオレのもの、照準器の赤い点はインディアンの飾りみたいに額《ひたい》の真ん中にある。ホームレスの老人に笑いかけると、グレースの顔が輝いた。教会壁画の聖人画みたいに。

オレは照準器越しに見るのをやめた。引き金にかかった指を見つめた。指は安全装置との間でためらい、そのまま固まった。いや、まさか、自分を貶《おとし》めるなんて、そんなことはできない。オレは安全装置をかけた。弾倉から弾が滑りおちた。

銃を入れたスーツケースを持って、オレはカフェにおりた。銃はすでに銃ではなくなり、害のない五つの部品に戻っていた。グレースの向かいのテーブルに座り、ウェイターにコーヒーを頼んだ。グレースは、すぐオレに気づいた。会ったのはオレが十一歳のチビのときだったのに、わけなくオレに気づいてくれた。名前さえ憶えてくれていた。オレは金の入った封筒をテーブルに置いて、おたくを殺してくれと雇われました、といった。冷静に、契約の実行を考えなかったふりさえした。グレースは微笑んで、知っている、といった。封筒に金を入れて送ったのは自分だ、死にたかったのだといった。オレは、その言葉に仰天《ぎょうてん》した、と正直に白状する。オレは口ごもって、なぜです、と聞いた。悪性の病気でもあるんですか。「病気?」と、彼は笑った。「そんなとこかな」そこで、口の端にまたかすかな痙攣が浮かんだ。さっき、窓から見かけた痙攣だ。

「子どものころからの持病なんですよ。症状がはっきりしているのに、誰も治療しようとしてくれなかった。おもちゃは他の子たちにやった。一度も嘘《うそ》をつかなかったし、一度も盗みをしなかった。校庭で売られた喧嘩《けんか》でも、仕返ししなかった。いつだって、もう片方の頬をさしだしました。わたしの偽善の心は年を追うごとにひどくなったのに、誰も助けようとしてくれなかった。もし、例えばです、わたしが偽善的な悪人だったら、どこかの精神分析医に連れていかれて止めさせられるでしょう。でも、善人だったら? この社会では、いつも必要なものを感嘆符やお世辞を使って受けとるほうがずっと楽なんです。で、わたしはどんどん転げ落ちていった。いまでは、ひとくち何か噛《か》むたびに、食べもののない飢えた人を探さずにはいられなくなってしまった。夜、眠ることもできない。ニューヨークに暮らしていて、家から二十メートルの道ばたのベンチで人々が凍死しているというのに、どうして眠れますか」

くちびるの端にまた痙攣が浮かび、身体全体がふるえた。「こんな状態は無理です。食事なし。睡眠なし。愛情なし。まわりにこんなに苦しみが満ちているというのに、誰が恋愛なぞに時間をさけますか。悪夢だ。おわかりですね。いままで一度も、こんなふうに生きたいなどと望んだことはない。まるで憑《つ》き物《もの》です、サタンの代わりに天使に取り憑かれているんです。取り憑いたのがサタンだったら、もうずっと以前に、誰かがわたしをおしまいにしていたでしょう。だが、これでは、ねえ？」グレースはふうっと溜息をついて、目をつむった。「ねえ、この封筒の金を持っていってください。どこかのバルコニーか屋上にのぼってケリをつけてくれませんか。自分じゃ無理だ、日に日につらくなる。金を送って、こうして君と話すことさえ」グレースは顔の汗をぬぐった。「つらいんです。とてもきつい。同じことをまたやる力が残っているか心もとない。どうか、どこかの屋上にのぼってケリをつけてください。お願いだ」オレはグレースを凝視した。十字架にかかったイエスのような、苦悩に満ちたイエスそっくりの顔を。オレは何もいわなかった、なんていえばいいのかわからなかった。オレはいつだって、的を射た言葉で武装してきた、懺悔僧《ざんげそう》にだろうと、バーにいる娼婦にだろうと、連邦諜報《ちょうほう》部員にだろうと。だが、グレースには？　彼に対しては、不意の動きにびくついて固まる児童養護施設のチビに戻っていた。いい人、絶対に殺すなんてできない、定冠詞付きのいい人、消すなんてできない人。指が引き金にかからないのだ。

「申し訳ないです、グレースさん」しばらくして、オレはやっと小声でいった。「オレはただ……」

「ただ、わたしを殺せないんですね」彼は微笑んだ。「いいでしょう。君が最初というわけではないんです。君の前にも二人、封筒をつっ返してきた。どうやら、それも呪《のろ》いの一部のようです。ただ、君については児童養護施設やいろいろで……」と肩をすくめた。「それに日ごとに弱っていくものだから、なんというか、君がお返しをしてくれるんじゃないかと願ってしまった」

「すみません、グレースさん」オレはつぶやいた。涙が浮かんだ。「できるなら……」

「わかります。大丈夫です。勘定書は置いていってください」と、オレが紙幣を手にしているのを見て微笑んだ。「わたしのおごりです。わかるでしょう。病気みたいなもので、ご馳走《ちそう》しないと気がすまないんです」オレはシワくちゃの紙幣をポケットに押しこんだ。礼をいって立ち去った。数歩行ったところで呼びとめられた。銃を忘れていたのだ。

銃を取りに戻った。ひそかに自分に毒づいた。新米の気分だった。

それから三日後、ダラスで、ある上院議員を撃った。きつい射撃だった。二百ヤードの距離から風を横に受けながら、半分しか見えない標的だった。標的は着地する前に死んだ。

壁をとおり抜けて

彼女の目つきといったら、なんというか、半ばがっかり、半ばもうどうでもいい式の、間違って低脂肪乳を買ったのに気がついたけど、買い換えにいく元気はない、みたいな目つきだった。「すごくいいわね」そういってサボテンを部屋の隅に置き、それからいった。「ねえ、ヨアブ、あんたがどういうつもりか知らないけど、あたしは、ここである人と暮らしてるってことは承知しといてね」

かつてのぼくは、ガールフレンドは美人であるべし、だった。まず賢くて、みんなに好かれて、だが、なによりかにより美人であってほしかった。そのころ、ぼくはコミックスを読みあさっていた。ぼくのヒーローはビジョンだった。ビジョンは空を飛び、壁をとおり抜けた。視線で人を殺した。ビジョンは人間じゃない、アンドロイドだ。ちょっと見じゃわからない。ビジョンにはすべてがあり、ガールフレンドがいた。ビジョンはぼくがそれまでに会った誰にも似ていない、特別な存在だった。顔が赤く、額《ひたい》の真ん中に宝石がついていて、緑のスーツを着ている。スーツでなくても、ビジョンはいつも緑色をまとっていた。

彼女とはパーティで何度か出会ったが、ボーイフレンドと一緒だった。そいつはちゃんとしているように見えたが、平凡で、彼女は、それまで会った誰とも似てなかった。パーティに何十人も群れてても、誰がトップで誰が余分かすぐわかる。彼女は群を抜いていた。彼女をゆさぶって、そこからさらいたかった。なぜ、自分が黙っているのか、自分でもわからなかった。

ビジョンはたぶん合成物質で出来ていたのだろうが、感情をたっぷり持っていた。あるコミック本では泣いてさえいた。最後のページで、泣いているビジョンの絵の下に「even an android can cry（アンドロイドだって泣く）」とあった。ビジョンは大きかった。巨人だった。彼は「アベンジャーズ」のリーダーだった。大学のトイレで彼女のボーイフレンドと連れションしたことがあるが、そいつの小便は濃い黄色だった。殺してやりたかった。自分のために、それに、その平凡さで彼女を汚したせいで。便器にそいつを押しつけて溺れさせ、視線で殺す自分を想像した。だけど、そんなことはしなかった。なにもしなかった。そいつは何度か振って、なかに入れ、チャックを閉めた。水洗ボタンを押しさえしなかった。手を洗うと温風乾燥機に入れた。そいつの頭を鏡に、洗面台に、床に、どこにだっていい、押しつけることだってできたのに。そいつはぼくに笑いかけると、恐怖をこれっぽちも見せずにトイレを出ていった。

怒った。自分を。憤《いきどお》った。ひどい気分だった。この気分は終わりのない頭痛みたいなもので果てしがないとわかっていた。目の前の汚い鏡を見つめた。今まで見たことがないような、ひどい顔が映っていた。自分をゆさぶって、そこから引きずり出したかった。引っ張りだしたかった。自分は、もっと価値があるとわかっているのに。なぜ黙っているのか、自分でわからなかった。

ロニットは八月に結婚した。例のボーイフレンドが夫になった。ちゃんとした人だ、とぼくの両親はいうが、ぼくにはわかっている、あいつは彼女のために壁をとおり抜けたりなんかしない、と。ぼくだってとおり抜けない。いつだったか、ガラスをとおり抜けたことはある。学生デモで。警官二人がかりで、ショーウィンドーから放りだされたのだ。何年かして、彼女と道で出会った。赤ん坊を連れていた。彼女は、その傷あとはどうしたのと聞き、それから泣きだした。「なんてことでしょ」といった。「あんたの顔、ひどいことになって」ぼくは赤ん坊を殺人視線でねめつけた。効果はゼロ。五秒後、赤ん坊も泣きだした。「なんてこと、あんたって昔はほんとにきれいだったのに」といいながら、彼女はおむつで顔をぬぐった。泣きわめいている赤ん坊にも気づかなかった。かつて、ぼくは彼女のために壁をとおり抜けたものだ。

靴

ショア（ホロコースト）記念日、サラ先生とぼくたちは五十七番のバスで「ヴォーリン*のユダヤ人記念館」に行ったが、そのときずっと、ぼくは重要人物みたいな気分だった。クラスは、ぼくと従兄《いとこ》ともう一人、ドロクマンという子以外、みんなイラク系だったし、ショアでお祖父《じい》さんを亡くしたのはぼく一人だったのだ。「ヴォーリンのユダヤ人記念館」は大富豪の家みたいに黒大理石造りで、すごく豪華できれいだった。モノクロのかわいそうな写真がいっぱいあり、人名や国名や死者のリストがあった。先生に展示物にはさわらないように注意を受けてから、ぼくたちは二人ずつ組になって写真を見てまわった。だけど、ぼくは厚紙貼りの写真の、サンドイッチを持って泣いてる痩《や》せた男にさわった。涙が頬を、道路に引かれた線みたいに二本のスジになって伝いおちていた。ぼくと組んでいたオリット・サリムが、写真にさわったって先生にいいつける、とい

＊ ウクライナにあり、ヴォルイニともいう。同地のユダヤ人社会はナチスによって一九四二年末までに壊滅された。

った。いいたきゃ誰にでもいえよ、校長先生にいいつけたって平気だ、とぼくはいった。この人はぼくのお祖父さんだから、ぼくは好きなようにさわるんだ。

写真展示を見たあと、ぼくたちは大きなホールに入り、小さな子どもたちについての映画を観た。子どもたちは移送トラックに乗せられ、それから、ガスで窒息させられた。映画のあと、痩せこけた老人が壇上にのぼって、いかにナチスが極悪な人殺しだったか、どうやって自分は復讐したか、兵士を一人、自分のこの手で絞め殺したことだってある、と話した。隣に座っていたジェルビは、あのじいさんは嘘《うそ》つきだ、あんなじゃ、兵隊一人だって叩きのめせない、といった。だが、ぼくは老人の目を見て老人を信じた、怒りが満ちあふれた目をしていて、建材を軽々と持ちあげるならず者だって、あんな目の人と並んだらちっぽけに見えると思った。

老人は、ショアでの経験を話し終えると、ここでみなさんが耳にしたことは大切です、過去だけでなく、いま現実に起きていることについても同じです、といった。なぜなら、ドイツ人はまだ存在しているし、国家ももっているからです、わたしはぜったい彼らを赦しません、君たちもそうであってほしい、彼らの国をまさかツアーで訪ねたりなんかしないよう願っています、と老人はいった。なぜというに、わたしは五十年前に両親といっしょにドイツを旅したことがありますが、万事すばらしかったのに、最後は地獄でした。人間というものは忘れっぽいものです、悪いこととなるとなおさらです、といった。人間は忘れたがります。だが、君たちは忘れてはいけません。ドイツ人を見かけたら、わたしの話を思い出してください。ドイツ製品を見たら、テレビだろうが、というのも、テレビメーカーのほとんどがドイツの会社だからですが、エレガントな外見をしていても、その下にユダヤ人の骨や皮膚や肉からつくられた部品やチューブがひそんでいるということを忘れないでください。

外に出ながらジェルビがまた、あのじいさんはキュウリだってひねり潰《つぶ》せないってのに信じられないよ、といったが、ぼくは、うちのテレビがイスラエルのアムコール製でよかったと思った、めんどくさいのはごめんだ。

それから二週間後、外国旅行から帰った両親が、ぼくに運動靴を買ってきてくれた。兄貴がぼくがほしがってるものを母に教えていて、母は最高級品を選んでくれた。ぼくが中身を知らないと思い込んでいる母は、土産の袋を手渡しながらニッコリした。だけど、ぼくはアディダスのロゴマークにすぐ気づいた。「ありがとう」といって、袋から靴の箱をだした。長方形の箱は棺桶《かんおけ》みたいだった。なかには、三本青いラインが入り、脇に「アディダス」と刻まれた白い靴が一足。箱を開けなくたってわかっている。母が、「はいてみたら?」といいながら、なかの詰め紙を引っぱりだした。「サイズは大丈夫かしらね」母はずっとニコニコしてて、ぼくに何があったか、まったくわかっていない。「これ、ドイツ製だよ、わかってる?」ぼくはいって、母の手をぎゅっと握った。「もちろん、わかってるわよ」母は微笑んだ。「アディダスだもの、世界一のブランドでしょ」「お祖父さんもドイツにいたんだよ」ぼくはほのめかした。「お祖父さんはポーランドにいたのよ」と母はいい、一瞬かなしそうになったが、すぐ気を取りなおして靴をぼくにはかせ、紐《ひも》を結びはじめた。ぼくは黙りこんだ。なにをいっても無駄だ。母にはぜったいわからない。母はいままで「ヴォーリンのユダヤ人記念館」に行ったことがない。誰にも説明されたことがないんだ。母にとっては、靴は靴で、ドイツだろうとポーランドだろうとかまわないんだ。だから、ぼくは黙りこくったまま、靴をはかされた。ぼくの思いを話して、母をもっとかなしがらせる必要なんかない。

もう一度、ありがとう、といい、母のほっぺにキスし、遊んでくる、といった。「気をつけろよ、いいな！」父が居間のソファから笑った。「一日で、かかとをだめにするなよ」ぼくはもう一度、自分の足をくるんでいる青白色の革の靴を見つめた。靴を凝視し、兵士の首を絞めた老人が、忘れるな、といったことを思い出した。もう一度アディダスの三本線にさわり、厚紙に貼られたお祖父さんを思い出した。「窮屈じゃない？」と、母が聞いた。「窮屈なはずなんか、もちろん、ないさ」兄がぼくのかわりに返事した。「イスラエルのマガファ製じゃない、クライフの靴と同じ一流品だもの」靴に体重をかけないよう爪先だちで、そろそろ、ぼくはドアに向かった。そうやって気をつけながらモンキー公園まで歩いた。「ボロコフ通り」の子どもたちが三チームに分かれてゲームしていた。オランダ、アルゼンチン、ブラジルの三つだ。欠員がいたオランダが、ぼくを入れてくれた、いつもならぜったい「ボロコフ通り」以外の子を受け入れないのに。

ゲームが始まって、最初のうちは爪先で蹴らないよう気をつけていた、お祖父さんに痛い思いをさせたくなかったからだけど、しばらくしたら、それも忘れた。「ヴォーリンのユダヤ人記念館」の老人が忘れっぽいといったとおり、人間はすぐ忘れる。ボレーでゴールを決めさえした。ゲームが終わってから、また思い出して、靴を見つめた。きゅうに靴が馴染《なじ》んで、箱に入っていたときよりずっと弾力性に富んでいる。「すごいボレー・シュートだった、ね？」帰り道、ぼくはお祖父さんに話しかけた。「キーパーは、どっちの方から飛んできたのかわかってなかったよね」お祖父さんも満足してるのが、足の感触でわかった。

点滴薬

アメリカで孤独薬が発見されたんだって、とガールフレンドがいう。昨日、国防軍放送の番組「ガレイ・ツアハルの六十秒」で聞いたそうで、薬を大箱で買って郵便で送ってくれるよう、すぐにも妹に速達を出すという。「ガレイ・ツアハルの六十秒」の話だと、東海岸ならどの店でも扱ってるし、ニューヨークじゃ大ヒットなんだって。薬は二種類あって――点滴か、スプレーか選べるようになってるの。

ガールフレンドは点滴薬を頼んだ、きっと、ひとりぼっちはいやだが、オゾン層を傷つけるのもいやだったんだろう。

点滴薬を耳に落とすと二十分後には孤独を感じなくなる。脳の、ある化学物質に薬が作用する、とラジオで説明していたが、ガールフレンドはわかっていなかった。ガールフレンドはマリー・キュリーじゃない、むしろおバカのほうだ。ぼくが浮気するんじゃないか、ぼくに捨てられるんじゃないか、なんてことを、日がな一日思っていたりする。ぼくは彼女が好き、気が狂いそうなほど好きだっていうのに。ところが、いま、彼女は、郵便局から帰ってきて、もういっしょに暮らさなくていい、という。だって、もうそろそろ点滴薬が届くから、そしたら孤独なんて怖くないもの。

ぼくと別れる？　点滴薬があるから？　なぜだよ？　だって、ぼくは君が大好きなんだぜ、気が変になるくらい愛してるんだよ。行きたきゃ、行けよ。だけど、耳に落とすどんな点滴薬だって、ぼくが愛してるほどには、君を愛しちゃくれないよと、ぼくはいう。でも、耳に落とす点滴薬はぜったい浮気しないわ。そういって彼女は立ち去る。まるで、ぼくが浮気してるみたいないい方だ。

彼女はいま、フローレンス通りにペントハウスを借りて、毎日、郵便配達を待っている。ぼくはといえば、郵便物はぜんぜん来ないし、待ち望むこともない。何かを送ってくれる友だちが外国にいるわけでもない。いたら、もうずっとせんに、そういう友だちに会いに行っている。行って、一緒に飲みにでかけて、悩みを打ちあけあっている。恥ずかしがらずに抱きあって泣いたりする。何年だって、そうやって過ごす、一生涯、そうやって過ごせる。それこそ自然で、当たり前で、点滴薬よりずっといい。

ガザ・ブルース

　ワイズマンは結核を患っているような乾いた咳《せき》をし、道中ずっとコホコホしてはティッシュに唾《つば》を吐いた。

「煙草だ」いい訳めいた口調でいった。「咳で殺されちまうよ」

　ガザ近くのエレズ検問所のガソリンスタンドに駐車した。地元ナンバーのタクシーが待っていた。

「ちゃんと書類を持ってきたか？」そうワイズマンはいい、黄色い唾をアスファルトに吐いた。

　ぼくはうなずいた。

「委任状もだぞ」と、ワイズマンはしつこかった。

　ぼくは、ええ、といった。それも持ってきてます。

　タクシー運転手には何も指示する必要はなかった。運転手はまっすぐファディードのオフィスに向かった。もう五月も末だったが、水が通りに溢《あふ》れていた。下水管に問題があるらしい。「ひでえ道だ」運転手が文句をいった。「三週間でタイヤがダメんなる」最初から法外な料金を運転手はふっかけるつもりだったとわかる。

オフィスに入ると、ファディードが握手してきた。「紹介するよ」ワイズマンがいった。「ニヴっていう、うちの事務所の実習生だ。実習に連れてきた」

「ニヴ、目を開けてなさい」きれいなヘブライ語でファディードがいった。「大きく目を見ひらいて、まわりをよく見るんだ。学ぶべきことがたくさんある」ファディードはぼくたちを事務室に案内し、「君はそこに座ってくれ」とワイズマンにいい、机の向こうの革張りの椅子を指した。「それから、ここが」と、事務室のすみの小イスを指した。「ここが通訳の席だ。わたしは二時に戻ってくるので、寛《くつろ》いでてください」

ぼくは革張りのソファに腰をおろして、そばの低いテーブルの上に書類の山を五つつくった。その間に通訳が到着した。「訴状は四件です」通訳がいった、マスードとか何とかいう名で「目が二つ、足が一本、タマが一つ」の男だった。ワイズマンのやり方だと、供述録取書とそれぞれの書類に署名をもらって、一件につき二十分ほど、遅くとも一時間半後には帰り支度になる。

ワイズマンは通訳を介して、煙草をたて続けに吸いながら型どおりの質問を矢継ぎばやにした。ぼくは医療秘書の権利放棄書や委任状に署名してもらい、それぞれに通訳をとおして勝訴の場合は十五から二十パーセント貰《もら》いますと説明した。そのうちの一人、目が見えない女の人は映画みたいに拇印《ぼいん》を押した。睾丸《こうがん》を怪我したという男の人はぼくが説明を終えると、「語で、この訴状で睾丸を蹴った公安本部長を刑務所にぶち込めるか、と質問してきた。「オレそいつの名前を知ってて裁判でいったっていい」彼はいった。「スティーヴ、インアル・アブ、そいつの名前だ」

通訳が、なぜヘブライ語でしゃべる、とアラビア語で叱りつけた。「自分でしゃべりたけりゃ、わたしは必要ないので退席する」

ぼくは高校でアラビア語を勉強したから、多少わかる。

一時間十分後、ぼくたちを運んできたタクシーでエレズ検問所への帰途についた。ファディードがランチに招いてくれたが、ワイズマンは、急いでいるので、といった。ワイズマンは絶えずコホコホ咳きこんでは、ティッシュに唾を吐きつづけた。

「それヨクナイ、ダンナ」運転手がいった、「ドクターんとこ行くべきね。妹の亭主がドクターだよ、この近くに住んでる」

「ありがとう。咳には慣れてて平気なんだ」ワイズマンは運転手に笑みかけようとした。「ぜんぶ煙草のせいで、こうやって、オレはゆっくり始末されてくのさ」

帰り道ではほとんどしゃべらなかった。ぼくは五時からのバスケットボールの練習を考えていた。「三件については可能性がある」ワイズマンがいった。「睾丸の奴は忘れていい。審問後に三年服役、傷害の報告なし。三年半前に傷害を加えられたって、どうやったら証明できるかね」

「でも、いずれにしてもとりあげるんですよね」ぼくは聞いた。

「ああ」ワイズマンは低くつぶやいた。「とりあげないとはいってない。見込みはない、といったんだ」ワイズマンはカーラジオを何秒かいじっていたが一局に固定されていた。そのあと、何かロずさもうとし、何秒後かにはそれにも飽きて、煙草に火をつけ、また呟きこんだ。それから、みんなから全部の書類に署名してもらったか、ともう一度ぼくに確認した。

してもらいました、とぼくは返事した。

「なあ」ワイズマンがいきなりいった、「おれは黒人に生まれてくるべきだった。ここから帰るたびに、自分にいうんだよ――ワイズマン、黒人に生まれてくるべきだった――ってさ。ここじゃない、どっか遠く、ニューオリンズのようなとこで」車の窓をおろして煙草を捨てた。「ビリー、そういう名になるはずだった。ビリー・ホワイトマン、歌手向きのいい名前だ」ちょっと歌おうとして喉《のど》を鳴らしたが、空気が肺に送り込まれた途端、ゼーゼー、コホコホしだした。

「なあ、見ろよ」呟きこんでティッシュを使い、そのティッシュをぼくの顔に近づけていった。「これが、自作だよ。強烈だろ？『ビリー・ホワイトマンと悲惨な仲間』、おれたちはそう呼ばれてたはずさ。ブルースしか歌わないんだ」

冷蔵庫の上の娘

ひとり

以前つきあっていたガールフレンドはひとりでいたがった、と彼は彼女にいった。ガールフレンドなのに、つまり一緒にいるのが当たり前なのに、ずいぶんさびしいことだった。だけど、ガールフレンドはひとりでいたがった。だから、「なぜだ？　ぼくのせいか？」と聞くと、彼女は、「ううん、あなたとはぜんぜん関係ないの、子どもの頃のことで、わたし自身の問題なの」といった。子どもの頃のこと、といわれても彼にはわからず、彼女を少しでも理解したくて、自分の子どもの頃にも似たようなことがあったか考えてみたが、なにも見つからなかった。自分の子ども時代はいくら考えても他人の歯の虚《うろ》みたいなもので——健康ではないが、さして気にならないことだった、少なくとも彼にとっては。そして、ひとりでいるのが好きなその娘は、すべて子ども時代のせいだといって、いつも彼から隠れるようになった。彼はすごくイラついた。とうとう、「ちゃんと説明してくれよ、さもなきゃ終わりにしようか」といい、彼女は、そうね、といって、二人は関係を断った。

オゲト、同情を示す

「それって、すごくかなしいわね」オゲトはいった。「かなしくて、同時に胸を打つ話だわ」「どうも」ナフムはいって、ジュースを飲んだ。オゲトは彼が涙ぐんでいるのを見て、あれこれいいたくはなかったが、とうとう誘惑に負けて聞いた。「それじゃ、彼女の子ども時代の何が原因で、あんたを捨てることになったか、今でも知らないの?」「捨てられちゃいない」ナフムは訂正した。「別れたんだ」「お好きなように」オゲトはいった。「お好きにしてるわけじゃない」ナフムはいい返した。「おれの人生だぜ。おれにとっちゃ少なくとも、そういう些細《ささい》なことが大事なんだ」「で、あんたはまだ、彼女の子ども時代の、どういう事件が原因なのか、知らないの?」「事件とか、そういうことじゃない」ナフムは、また訂正した。それからしばらく黙り込んでからつづけた。「つまり、なんだよ、なんか、冷蔵庫と関係あるんだ」

ナフムのものではなく

ナフムのガールフレンドが、まだ幼かったころのことだが、彼女の両親は娘をもてあましていた。というのも、娘は幼くてエネルギーいっぱいだったのに、両親はすでに年寄りで燃えかすだったからだ。ナフムのガールフレンドは両親と遊んだりおしゃべりしたりしたかったが、そうすると両親はただもううるさがった。両親には体力がなかった、口を閉じてなさい、という元気さえなかった。それで、娘を「高い高い」して冷蔵庫の上に置き、仕事に出かけたり、用事をたしにいったりした。冷蔵庫はすごく高くて、ナフムのガールフレンドは下に降りられなかった。そうやって彼女は子ども時代の大半を冷蔵庫のてっぺんで過ごしたのだった。とてもしあわせな子ども時代だった。ほかの連中が兄弟たちから拳骨《げんこつ》を喰《く》らっているあいだ、ナフムのガールフレンドは、冷蔵庫のてっぺんのはしっこに座って、ひとりで歌をうたったり、つもったホコリでちょこちょこっと絵を描いたりしていた。上からの眺めはたいそうよかったし、お尻が温かくて気持ちよかった。そして、大人になったいま、ひとりでいたその時代が懐かしくてたまらなくなった。ナフムは、彼女のかなしみがよくわかった、一度など彼女を冷蔵庫の上に置こうとさえしてみたが、どうも、そういうことじゃなかった。

「とってもいい話ね」オゲトはささやき、そっとナフムの手にふれた。「うん」とナフムはつぶやき、腕をうしろにひいた。「すごくいい話だ。だけど、おれ向きじゃない」

外国語

父の五十一歳の誕生日に、ぼくたちはパイプをプレゼントした。父はありがとういい、母がつくったケーキを食べ、みんなにキスした。それから顔を剃《そ》りに浴室に入った。父は同じ箇所を三度はあたるくらいファナティックな剃り方をして、すべすべの、傷ひとつない肌になる。いままでぼくは、父が傷をつけたのを一度も見たことがない。

フランス語やイタリア語や、いろんな言語を知っている人たちがいる。文通でおぼえたり、領事館のコースで学んだりする。たとえば、ぼくの一番上の兄はゲーテ・インスティトゥートでドイツ語を勉強した。だいたい、いつ外国語を実用として使えるかなんてわからない。言語は、外国旅行で役に立つばかりか、ときには、命を救ってくれることだってある。たとえば、ぼくの母はショアのときドイツ語のおかげで助かったが、これはとてもいい例だ。

父は顔を三度ていねいに剃り終えると、うなじに取りかかりだした。カミソリはそれ向きには出来ていない、刃先にはさまった邪魔な毛を取り除くのに倍の時間がかかった。ぼくを浴室に呼んでそのことを話したくてたまらなくなるほど、けっこう厄介で面倒な作業だった。父は、ぼくの母と結婚しなかったら、スカンジナビアにいって、どこか白樺の森に小屋を建て、黄昏《たそがれ》どきにはベランダに腰をおろしてパイプをくゆらしたに違いない、なんて話したかったのだ。

　ぼくのガールフレンドはいつだったか、どこかのエキゾティックな言語で「愛してる」といってくれといった。いくら考えても、いくら努力しても、なにも思い浮かばなかった。「ヘブライ語じゃだめ?」ぼくは聞いた。「自国語じゃ不足なの?　変わった言語でいえっていわれてもさ。二度繰り返していったらどうだろう?　真実味を込めればいいんじゃないか?」それでは、ガールフレンドには不足だった。不満で、わめいた。彼女はときどき平気で、そんなふうな態度をとる。しまいに、保険会社のマークが入った重い灰皿をぼくに投げつけた。額《ひたい》から血が流れた。「愛してよ、愛してほしいのよ」彼女はわめいた。ぼくはぼくで、仕事をいっしょにしているロシア人に教わった言葉を一生懸命思い出そうとした、だが、罵詈雑言《ばりぞうごん》しか浮かんでこなかった。

　父はうなじを五回剃った。剃り終えてから手でなでてみると、首や頬みたいにすべすべだった。父がスカンジナビアの森に小屋を建てたかったのは、基本的に静かさを求めてのことだった。父はとても静寂を好んだ。兄とぼくが赤ん坊だったころ、ぼくたちが泣くと父の癇《かん》にひどく障って、ぼくたちの首を絞めたくなったこともあったという。父は洗面台の下の戸棚から特製の糊《のり》とアイスキャンデーの芯《しん》みたいな薄いヘラを取りだした。父はヘラを缶に浸してうなじに塗りだした。うなじがぜんぜん見えないので、ややこしい作業だった、まるで手に持ったパンの裏側にバターを塗るようなものだ。だが父はあわてず騒がず、うなじのパンに辛抱強く、最高にていねいに塗った。塗りながらハンガリー語の歌を口ずさんだ。だいたいこんな歌だ。

「オズ・オ・セープ、オズ・オ・セープ、オキネク・オ・セメ・ケーク、オーキネク・オ・セメフェケテ（美しい人は、美しい人は、青い瞳の人、青い瞳の人）」

ぼくの額に灰皿を投げつけてガールフレンドは去っていった。いまになっても、なぜなのかわからない。だが、必ずしも学んでわかる必要もない。大事なことだけ学べばいい。ぼくの母は、たとえば、ドイツ士官に、殺さないでくれ、といった。殺さないでくれれば自分からすすんで寝る、その方がいいはずだ、といった。当時はレイプなんてしょっちゅうだったから、士官にとっては滅多にない申し出だった。そして、その最中に、母は自分の腰帯からナイフを抜いて、士官の胸に突き刺してグイッとひらいた、ぼくたちのために、安息日の前、ライス詰め鶏料理をつくるために鶏をひらくみたいに。

父は浴槽に栓をして蛇口をひねり、熱すぎもせず、ぬるすぎもしないよう、お湯を調節した。ちょうどいい湯加減になるように。それから、首を浮かせたまま身体をのばして仰向けになり、蛇口に手をのばそうとした。蛇口は高い位置にあった。父が首の筋肉をゆるめたので、うなじが浴槽の底についた。父は必死に頭を持ちあげようとしたが、どうにもならなかった。糊の缶に添付された使用書は、いかなる種類、いかなる量の水も糊を溶かすことはない、と保証していた。浴槽の栓についてだが、父は靴をはいていた。編み上げ靴をはいたまま浴槽の栓を抜くなんて大仕事だ。そのころ、ぼくは部屋で兄と議論に熱中していた。ぼくは、プレゼントを父さんはすごく気に入ってくれたといい、兄は、そうじゃない、といった。決着がつかなかった、というのも、父にははかりしれないところがあったから。浴槽の蛇口でお湯がグルグルグルとスカンジナビア語でハミングした。「ヌア・ゴット・ヴァイス（神のみぞ知る）」兄は自慢げにドイツ語でいった。「ヌア・ゴット・ヴァイス」

キッシンジャーが恋しくて

ほんとはオレに愛されてない、とあいつはいう。愛してると思ってそういうけど、でも愛してなんかない、と。愛したことがないという人たちについて聞いたことはあるが、愛してるかどうかなんて誰が決める？　オレは、まだ考えたことない。マジ、我が子が臭いからってスカンクと寝るような人間は泣かないもんだ。もう半年も、あいつはオレを悩ませている、セックスのあと指をあそこにいれてほんとに終えたか調べ、オレは何かいうかわりに、「大丈夫だ、ハニー、誰だってちょっと不確かなんだ」という。それであいつは、いま、オレと別れようとしてる、オレに愛されてないと決めたからだそうだ。オレは何ていえる？　君はトンマだ、馬鹿な真似はやめろなんて怒鳴れば、それこそ、ほらね、ということになりかねない。「だったら、愛してるって、なにか証拠を見せてよ」と、あいつはいう。オレにどうしてほしい？　何だよ？　いってくれさえすりゃいいんだ。だけど、あいつはいわない。ほんとに愛してるなら、自分でわからなくちゃいけない。ヒントぐらいあげてもいい、そうね、しちゃいけないことを教えてもいい、どっちかひとつ、オレが選んでいい、とあいつはいう。そこでオレは、しちゃいけないことを教えてくれ、少なくとも情報にはなる、といった。ヒントをもらったところで、どうせ、見当なんかつきっこないとわかっている。「しちゃいけないことは」あいつはいう。「目をえぐり出すとか耳をそぐとか、自分を痛めつけることじゃないの、だってそんなことしたら、あんたはあたしの好きな人を傷つけるわけで、間接的にあたしまで傷つけることになるでしょ。それに、親密な人を傷つけても、愛情の証《あかし》にはならないもの」

まっとうな意見だ。あいつにいわれなくたって、オレは自分に手をかけるつもりなんかない。それに、いったい、目をえぐり出すのと愛情とどういう関係がある？　何ならいいんだよ？　あいつははっきりいいたがらない、オレの父親にも兄弟姉妹にもしちゃいけない、としかいわない。オレはもうあきらめて、どうしようもない、どうにもならん、と自分にいい聞かせる。あいつにとっても同様だ。ヤクをやってる黒人と謎ときゲームなんかやってる奴は骨をへし折られて目をさますのがせいぜいだ。だが、そのあとセックスのときオレの目の奥までのぞき込むので――（あいつはセックスのときぜったい目をつむらない、オレがほかの奴の舌を押しこんだりしないためだという）――いきなりパッと、光を当てられたみたいにオレはさとる。「おふくろか？」そう聞いたが、あいつは答えようとしない。「あたしをほんとに好きなら、自分でわかるでしょ」あそこから抜いた指をなめてからぽつんという。「耳とか指とか、そういうのはだめ。あたしはハートがほしいの、わかる？　心よ」

オレはナイフを持ち、バスを乗り換えてテルアビブの北西にあるペタハティクバに行く。一メートル半もあるナイフは二座席を占める。その分も払わなくちゃならない。おまえのためならなんでもやってやろうじゃないの、なあ、おまえのためならなんでもやるよ。イスラムの殉教者みたいにナイフを背負ってスタムフェル通りをずっと歩いていく。

おふくろはオレの来訪がわかってて、地獄渡来の香辛料を使った秘伝の料理を作ってくれていた。オレは黙って食べる、悪態ひとついわない。トゲのついたサボテンを呑みこむ人間は、痔持ちだなんて愚痴《ぐち》っちゃいけない。「で、ミリは元気かい？」おふくろが聞く。「かわい子ちゃんはどう？　相変わらず、ぽっちゃりした指を突っ込んでいるかい？」「ああ」オレはいう。「すごく元気だ。あいつ、おふくろのハートがほしいってさ。オレの愛情を確かめたいんだそうだ」「バルーフのを持ってってやりよ」と、おふくろは笑う。「ぜったい気づきゃしないから」「おふくろってば、なにいってんだよ」オレはむくれる。「オレたちはインチキしあう状態じゃないんだ。ミリもオレも正直でありたいんだよ」「わかったよ」おふくろはため息をつく。「じゃあ、あたしのを持っていっておやり、あたしのせいで喧嘩《けんか》なんかしてほしくないもの、だけど、おまえを愛してる母親への愛情の証というか、ちょっとしたお返しはどうなんだろうね？」オレはミリのハートをテーブルの上に投げ出す、腹を立てて。なぜ、二人とも、オレを信じようとしない？　なぜ、いつもオレを試そうとする？　それから、ナイフとおふくろのハートを持ってまたバスに乗り、バスを乗り換える。あいつはきっといない、前のボーイフレンドとヨリを戻してるだろう。いいや、オレは誰もとがめてない、自分しか。

人間には二種類ある、壁のそばで寝るのを好む人間と、ベッドから押し出そうとする奴のそばで寝るのを好む人間と。

壁の穴

ベルナドット通り、中央バス停のすぐそばの壁に穴がある。ずっと前、そこにはＡＴＭがあったが、壊れたのか、使われてなかったのか、銀行から人が来て車で持っていったきり、ＡＴＭは戻ってこなかった。

ウディはいつだったか、この壁の穴に願いを叫ぶと叶《かな》うと教えられたが、あまり信じてなかった。じつは、夜、映画を観ての帰り道、その壁の穴に、ダフナ・リマルトに好かれたいと怒鳴ったこともあったが、なにも起きなかった。もう一回、さびしくてたまらなかったとき、天使の友だちがほしい、と壁の穴にわめいたこともあって、たしかに、天使はそのあとあらわれたが、ぜんぜん友好的じゃない奴で、ほんとに天使が必要なときには、いつもどこかに消えてしまった。背が丸まった痩《や》せぎすの天使は、羽を見られたくない、といって、いつもレインコート姿だった。通りすがりの人には「傴僂《せむし》」と思われていて、たまに、二人きりのときにはレインコートを脱いで天使の羽に触らせてくれたが、ほかの人がいるとレインコートを着込んだままだった。いつだったかクラインの子どもたちに、「レインコートの下に何をかくしているの」と聞かれたときには、「本の入ったカバンを隠してるんだ、自分の本じゃないので濡れると困るからね」と応えていた。ぜんたいに、天使は嘘《うそ》ばかりついた。ウディにも、信じられないような奇妙な話をした。天上のいろんな場所のことや、車のスターターにキーをさし込んだまま、夜、家に帰る人たちのことや、恐れを知らない猫のことやなんかで、その猫たちは、猫を追い払う「シシイッ」という呪文《じゆもん》さえ知らないそうだった。

天使は、神につかえる身だというのに、やたらな話を思いついてはしゃべった。

ウディは天使がすごく好きで、いつも天使の話を信じようとしたし、天使が切羽詰まっているときは、何度か金を用立ててやりさえした。なのに、天使の方は、ぜんぜんウディを助けようとしなかった、ただしゃべるだけ、くだらない話をひねりだしては、しゃべるだけだった。知りあって六年にもなるのに、コップひとつ洗っている姿を見たことがなかった。

新兵訓練の期間中、ウディは心細くて、誰かとおしゃべりしたくてたまらなかったのに、フィに天使は二か月も姿をくらまし、そのあと髭《ひげ》だらけで、「なにがあったかなんて聞いてくれるな」ふうの顔つきで戻ってきた。それで、ウディは質問をひかえ、安息日には二人ともパンツ一丁になって屋上にのぼり、侘《わ》びしくひなたぼっこした。ウディは電線や貯水タンクだらけの屋根の並びや空をじっと眺めた。そこで、ふっと、天使と何年もいっしょにいるのに、天使が飛んでいるのを一度も見たことがない、と気がついた。

「ひょっとして、ちょっと空を飛んでみたらどうかな」ウディは天使にいってみた。「きっと、いい気分転換になるぜ」

天使はいった。「ほっといてくれよ、人に見られちゃうじゃないか」

「なあ、ちょこっとでも飛んでみてよ、ぼくのためにさ」

だが、天使は口のどこか、空洞のどこかからオエッと音をひねり出し、タール塗りの屋根に痰《たん》まじりの白い唾《つば》をはいた。

「いいさ」ウディは挑戦的にいった。「きっと、飛べないんだ」

「もちろん、飛べるさ」天使は腹を立てた。「見られたくないだけだ」

向かいの屋上で、子どもたちが水の入ったビニール袋を通りに落としている。

「なあ」ウディはクスンと笑っていった。「いつだったか、チビだったころだけど、君と知りあうずっと前、しょっちゅうここにのぼってきちゃ、通りを歩いてる人に水入りビニール袋を投げたもんさ。日除けのあいだから、うまく落とすんだよ」

ウディは手すりにかがみ込んで、食料品店と靴屋のあいだにかかった日除けの隙間を指さした。「みんな、いくら見あげても日除けしか見えなくて、袋がどこから落ちてきたのか、わからないんだよ」

天使も立ちあがって、通りをのぞき込もうとし、なにかいおうと口を開けた。いきなり、ウディは天使を押した、そっと軽くだったが、とたんに天使はバランスを失った。ちょっとふざけただけだった、悪意なんかこれっぽちもなかった、ただ、ちょっと、無理にでも飛んでほしかっただけだ、暇つぶしにちょっと。だが、天使はジャガイモ袋みたいに五階分の高さを転げ落ちていった。ウディは、下の地面に伸びた天使を呆然《ぼうぜん》と見つめた。身動きひとつせず、羽だけが死を目前にしてプルプルふるえていた。そこでやっと、ウディにもわかった、天使の話はなにひとつほんとじゃなかった、天使でさえなかった、羽をもった嘘つき男にすぎなかった、と。

絵

たとえば、絵を描いてもらう約束をする。とくに限定しないで、とにかくなにかの絵。その絵を描いてもらうために、君は住居を一か月間あたえる。契約書みたいなものを交わすわけではないが、いずれにしても、いわゆる取引をする。客観的にいって、両者とも満足のいく、最善の案だ。君は、そんじょそこらにはない絵画の才能を享受し、あちら側は、あるときはタイへ、あるときは日本へと、定期的かつ頻繁《ひんぱん》に消える君の貴重な才能を利用することになる。今回は、行き先が決まっていないとして、フランスなんか、たとえばどうだろう？　パリ。

さて、ここで大きな問題が出来《しゅったい》する――はたして、これは公正な取引だろうか。もちろん両者の合意を得ているから合法だ。だが、公正だろうか？　フェアかどうかは断定できない。君がシャンゼリゼ通りのカフェでデミタスのエスプレッソを飲んでいるあいだ、画家は君のために奴隷みたいに絵を描かなくちゃならない。とはいうものの、似たような場所を借りると、一か月分の家賃は——絵画一点の購入分よりはるかに高いものになる。いずれにせよ、君のベッドで他の人間が眠り、君の上掛けをかけ、君の便所をよごし、しかも、もしかしたら、いろんな人を連れこむかもしれない。いったいに、想像の埒外《らちがい》だ。そして、君はといえば、英語がぜんぜん通じない、不親切なフロントの受付嬢のいる、フランスの怪しげなホテルに足どめされている。それにだいたい、カッと頭を打つ七月の太陽と何万人もの日本人旅行者で、このシャンゼリゼ通りにしたところで、とりたてて結構な場所だともいえない。どうやってそんなところで一か月過ごせるか、神のみぞ知るだね。仮りの神さまだよ、もちろん、だってほんとの話じゃないんだから。

たとえば二週間後、君はやむを得ず帰国する。財布を掏《す》られた、あるいは、掏られたと思ったが、じつは紛失した。落ちた、落とした——どっちでもいい。金が底をついての帰国だ。とり交わした合意は「一か月」、そこで問題が生じる。はたして、自分の住居に戻ってかまわないか？表面的には是に見える、だが、じつをいうと否かもしれない。反対の事態を想定してみよう。相手方が絵画を全部なくしてしまったとする。いや、これはいい例じゃない。才能を失ったとしよう。そういう事態で、君の側が絵の完了を要求するのは公正だろうか。比較はできない、なぜなら才能というものは非常に捕らえどころがなくて、本質的なところはわかりっこないし、しかも住居は君の名義で登記されていて、フランスフランを問題なしに親から借りられるという状態じゃ、ね。どっちにしても——君は帰国して、契約相手の画家と同居することになる。ひと部屋に君、もう一つの部屋には取引相手B。夜、トイレのそばで出くわすこともある。

相手側Bは容姿端麗で、君は非常に気をそそられる。汗をかいてるね。なあ、簡潔にいこうか。

相手側Bは女性だとしよう。若くてきれいでナイスバディ。おい、窓を開けようか、気分がずっとよくなったかい？

相手側Bは嘘《うそ》みたいに美しい。彼女が描く絵より美しい。彼女は常に美しいし、絵を描くのは寝ていないとき、食べていないとき、あるいは君が誕生日に両親から贈られたシーツの上で君の知らない男たちとセックスしていないときだけ。いいかい？　他のシーツの上じゃ、君が知っている男たちとだ。いや、名前をいうのはよそう、君がよく知っている男たちだとだけいっておこう。

ところで、どこまで話したっけ？　ああ、シャンゼリゼ通り。君は財布をどっかに捨てて国に帰った。なんとかうまくいった。それぞれひと部屋ずつ。ただ特別な場合には、彼女の部屋は君の部屋でもある。で、絵は？　尻じゃ絵は描けない。いや描けるとして、彼女に聞くのはまずい。だけど、訪ねてきては夜中に帰っていく男たちはどうだ。男たちのせいで彼女は声をあげる。で、君は、ひどく思いやりがないと思う。だって、やっと眠れたというのに叫び声で起こされるんだから。それにいったい何なんだ？　君が知っている男たちが、誰とはいわないが、夜中に声をあげさせるなんて、話にならない。そのあと朝になって、取引に従って法的かつ倫理上から描かなくちゃいけない絵があったとして、彼女には描く力なんか残っていないだろ。

君の側からはすべて明瞭だが、彼女になんていう？　ひとまず休んで元気をつけて、法的に義務のある絵を描いてくれ、と？　ぜったい、そんな勇気は君にない、約束より二週間早く帰国したなら、いっそうだ。それにだ、彼女はちゃんと描いているのかもしれない、君がよく見知っているモデルを。たとえば、君の兄さんを。真夜中に。で、兄さんがちょっと動くもんだから、イライラして声をあげるのかもしれない。彼女が描いているのは、何か？　はっきりさせたほうがいいね。絵画本体から、彼女の、君に対することがいろいろ導きだせる。ひょっとして君が好きなのかもしれない？　もしかしたら、住居と絵の取引は君に近づく口実に過ぎなかったのかもしれない？　どっちにしても、兄さんの首から手をゆるめたらどうだろう、兄さん、ちょっと青くなってるぜ。

で、どこまで話したっけ？　青か。で、ついに彼女は海を描いていると判明した。いや、空だ。あっ、ごめん、兄さんの首をしめちゃったのか。そう、まさに絵画から人間の性格について学ぶところ大なり、といったんだった。

長子の災い

六月の終わり、蛙《かえる》の災い*のあと、人々は大挙して谷をあとにし始めた。資産を差配人にまかせられる者たちはまかせて一族郎党をかき集め、ヘブライの神の怒りが鎮《しず》まり、災いがおさまるのをヌビアで待とう、とヌビアに向けて長旅に発った。ある朝、父はアブドゥとわたしを大路に連れだし、わたしたちは群れなして遠ざかっていく人々を黙って見つめた。父が踵《きびす》をかえそうとすると、アブドゥが勇を鼓して、まさにわたしがたずねたかったことを聞いた。

「父上、なぜ、わたしたちも彼らとともに出かけないのでしょう？　わたしたちはこの谷でも裕福な一家ですから、畑地を人にまかせて旅立てるのではありませんか？」

父は口もとにやわらかな笑みを浮かべてアブドゥを見やった。

＊　「出エジプト記」で、頑迷なファラオの心をうち砕くべく神は川の水を血に変え、その後、蛙を王宮に放ったが、本篇はその「出エジプト記」に材をかりた創作。

「なぜ、逃げ出さなければいけない、アブドゥ？　お前もヘブライの神を懼《おそ》れているのか？」

「わたしはいかなる人間も、神も、懼れてはおりません」アブドゥはむっとしていい返した。「わたしに刃向かって来る者どもは、わが刃で打ち払います。ですが、降りかかっているいくつもの災いは天からのもので、打ち払える敵の姿は見えません。ヌビアへ旅立つ群れに加わりませんか。武装した敵が目の前にいなければ、ここの王ファラオにとって、われわれはなきにひとしいものです」

「まことなることを申した、息子よ。ヘブライの神は残酷で聡《さと》く」父はそういうと、かすかに笑みがかげった。「見えずして恐ろしき災いをもたらす。だが、わかっておくれ、この地にかけた誓いがあって、わしはヌビアに家族を送り出せないのだ」

「誓い？」アブドゥはびっくりした。「どんな誓いです？」

「何年も前、おまえが生まれる前にした誓いだ」父はまたやわらかな笑みを浮かべていい、長衣をたたみこみ、足を組んで座ると、「そばにおいで」と、地面を叩いた。「そのことを話そう」

アブドゥは父の右側に、わたしは左側に座った。父は地べたから土くれを拾いあげ、それを手で崩しながら話しはじめた。

「わしがこの豊かな土地の生まれ育ちでないのはおまえたちも知っていよう。わしは、おまえたちの母親を娶《めと》ったあと、やむを得ず彼女をおじに預けて、長兄とともに、地から黒い油が流れ出ているという遠い地に旅立った。四年間、放浪と恋慕のうちに過ごし、だが、かなりの金を稼ぐことができた。四年ののち、わしはエジプトの家に戻った。わしを待ち焦がれていた、おまえたちの愛しい母親をかき抱いて、わしはこの谷に土地を買った。我が家を建てたその日に、わしは誓いを二つたてた。一つは、このさきは決してこの谷をあとにしないということ、二つ目は、たとえわずかな間であっても家族が別れわかれにならぬよう、あらゆる努力を惜しむまいということだった」父は手のひらにはりついた泥をなめ、顔をあげるとまっすぐアブドゥの目を見つめた。「わしは若いうちにすでに、家族は植物と同じだと悟った――根を引き抜いたら、枯れてしまう。バラバラにすれば、死んでしまう。だが、地面に生えるにまかせて、触らずに、神と風の恵みを受ければ永らえることができる。土地とともに生まれ、土地とともに永らえる」

父との話のあと、わたしたちは敗北者ではない、強き者だ、と感じるようになった。強さの秘密を知り、妬《ねた》みからそれを守った。新たな災いに出会うたびにわたしたちは強くなり、いっそう団結した。アブの災いが降りかかったときには互いにアブを打ちはらい、同族の病者たちを世話した。雹《ひょう》の災いに襲われたあとの朝など、仰天《ぎょうてん》したアブドゥの顔を見て、くちびるに笑みが浮かびさえした。ぐっすり眠り込んでいたアブドゥは、ヘブライの神が投げつけた雹の粒にさえ怯《おび》えなかったのだ。わたしたちは、こうして九つの災厄を、一つひとつ、痛手を負わずにまぬがれた。そして、八月の終わり近く、長子の災いがおとずれた。

真夜中、隣近所であがった悲鳴に目をさまして、わたしは家の外に走り出た。アブドゥ以外、みんないた。向かいの家に住むサミーラが、悲鳴と泣き声のわけを話してくれた。わたしたちはあわててアブドゥの部屋に走った。父が先頭で、わたしと母がそれに続いた。アブドゥは目をつむって寝台に横になっていた。

「アブドゥ、息子よ」父は声をつまらせた、顔が死人のように青ざめていた。「長子よ」

わたしは父の涙をはじめて見た。わたしの目にも涙が浮かんだ、兄のためにというより、父のかなしみを思いやっての涙だった。父は泣きながらも、わたしの涙に気づいた。長衣の端でわたしの涙をぬぐい、母とわたしのそばに近よった。父は力強い腕で母とわたしをしっかり抱きしめた。頬をすりよせあい、涙を入り交じらせて、わたしたちはひとつになって泣いた。

「ヘブライの神は残酷だ」父は声をひそめていった、アブドゥの休息を妨げるのを懼れるかのように、「だが、負けまいぞ」と。

「死んではいないのではありませんか？」母がいった。「眠っているだけなのでは？」

「どうか、ファトマ」父はつぶやいて母のひたいにキスした。「いまさら妄想などに逃げ込まないでおくれ。ヘブライの神についてはあれこれいわれているが、決して依怙《えこ》贔屓《ひいき》なんぞしない……」

「この子は死んでません」母は泣き叫んだ。「死ぬはずがありません！　眠っているだけ、寝ているんです」母は父のがっしりした腕からアブドゥの寝台にかけよった。

「起きなさい、さあ！」と叫んだ。アブドゥの夜着をひっぱって叫んだ。「起きなさい！」

アブドゥがおどろいて目をさまし、寝台から起きあがった。「どうしたんです？」寝ぼけ声で聞いた。

「奇跡だわ、わが子よ」母はアブドゥを抱きしめて父を見つめた。「大いなる奇跡です」

母はまだ寝ぼけているアブドゥからはなれ、部屋のすみでうつむく父のそばによった。

「ご覧になりました？」ささやいた。「大いなる奇跡です。ヘブライの神はわたしたちを、そして息子を憐れんでくださいました」

父は顔をまっすぐあげた。先ほどまでの悼《いた》みが、抑え込んだ怒りに変わっていた。

「ヘブライの神は、憐れみも慈しみもかけたりなどしない」憤《いきどお》りが籠もった声をしぼりだした。「神は真実のみ、うそ偽りのない真実を教えるのみだ」充血した目は二粒の霰《あられ》のようで、父の眼差しは十の災いがいっしょくたになったより、わたしにはずっと恐ろしかった。

「なぜ、そんなに怒っておいでなの？」母がいった。「喜んでいいはずなのに……わたしたちのアブドゥが永らえたというのに……」

「長子ではないからだ」父は母のことばをさえぎった。母を殴ろうと手をあげ、だが、その手は宙で凍りついた。母は父の足もとに身を投げだし、目に見えない殴打に打ちのめされたかのごとく泣《な》き咽《むせ》んだ。われわれ一家四人は身じろぎもせず、倒れる寸前の杉の木のごとく、その場にじっと固まった。

「まこと、ヘブライの神は残酷だ」父はそういうと、踵をかえして部屋を出ていった。

パイプ

中学校（七年級）に上がると精神分析医が来て、ぼくたちは一連の適性検査を受けさせられた。ちがう絵をつぎつぎに二十枚見せられ、これらの絵でおかしいところは何ですか、と聞かれた。ぼくには全部まともに見えたが、精神分析医は最初に見せた子どもの絵を、またしつこく見せ、「この絵のどこが変かな？」と、疲れた声で聞いた。絵はぜんぜん問題ないです、とぼくは答えた。分析医はマジいらついて、「この絵の子どもは耳がないのに気づかないかな？」といい、たしかに、そういわれて絵をじっくり見ると、子どもには耳がない。それでも、絵は問題なさそうに見える。精神分析医はぼくを「重度の認知障害」に分類し、ぼくは大工の学校に送られた。その学校で、ぼくにはおが屑《くず》アレルギーがあるのがわかり、溶接クラスにまわされた。ぼくは器用に溶接をこなしたが、楽しくはなかった。ほんとのところ、特に何かに打ち込んで楽しむということがなかった。学校を終えてから、パイプ工場で働きだした。ぼくのボスは工科大学出の技師だった。輝かしい青年。耳のない子どもの絵とか、似たようなものを見せられたとしても、彼なら難なく片付けただろう。

終業時間後ぼくは工場に残り、曲がったパイプを使ってとぐろを巻いた蛇みたいに曲がりくねったやつを組み立てて、ビー玉を転がし入れてみた。くだらないって思われるだろうし、ぼくだって楽しんじゃいなかったが、それでも作りつづけた。

ある夜、やたらと複雑にぐるぐる曲がりくねったパイプを作って、ビー玉を転がし入れてみたら、反対側から出てこなかった。はじめのうちは中途でひっかかっているんだと思ったが、そのあとビー玉を二十個ばかり入れてみて、単純明快、ビー玉は消えた、とわかった。なにをほざいてる、ビー玉が消えるなんてあり得ない、と誰しもいうだろうが、パイプの片方の口から入れたビー玉が反対の口から出てこないのを見て、ぼくは変だなんて思わなかった、完璧にオーケーだと思った。そこで、このパイプと同じモデルの大型パイプを自分用に作って、中にもぐり込んで消えようと決心した。そのアイデアが浮かんだときはやたらうれしくて、声をあげて笑った、ぼくの人生で笑ったのはあのときが初めてだったと思う。

その日から、ぼくは巨大なパイプを作りはじめた。毎晩、パイプを作り、朝になると部分に分けて倉庫に隠した。組み立てが完成するまで二十日かかり、最後の夜は五時間かけてパイプをつなげていくと、作業場の半分を占める大きさになった。

完璧な形でぼくを待つパイプを見て、かつて社会科の教師がいった言葉をぼくは思い出していた。棍棒《こんぼう》を最初に使った人間は、その部族でいちばん強い者ではなかった、いちばん賢い者でもなかった、強者も賢者も棍棒を必要としなかった、弱さを克服して生き延びるために棍棒を必要とした者が使った、と。ぼく以上に、この世から消えたい、と望んでいる人間はこの世にはいないと思う。だから、ぼくはパイプを作りだした。ぼくであって、工場を任されている工科大学出の天才技師ではない。

パイプの向こう側で何が待ちかまえているかわからないまま、ぼくはパイプにもぐり込んで這いだした、もしかしたら、耳のない子どもたちがビー玉の山にすわっているかもしれない。ひょっとしたら。パイプのある部分を過ぎたあたりで、いったい何が起きたのかわからない。わかっているのは、いま、ここにいるということだ。

いま、ぼくは天使、つまり、羽があって輪っかが頭の上にあるんだと思う。それに、ここにはぼくみたいなのが何百人といる。ここにきたとき、その人たちは座りこんで、数週間前にぼくがパイプに転がし入れたビー玉で遊んでいた。

いつもぼくは、天国というところはよい人生を送った人たちを受けいれる場所だと思っていたが、そうじゃなかった。神は、そう決断するにはあまりに情け深く、憐れみ深かった。天国はまさに、地上ではしあわせになれなかった人たちの場所だった。みんなの話によると、自殺した人たちはもう一度人生をやり直しに、地上にまた戻っていくそうだ、というのも、一回目の人生に満足しなかったとしても、二回目もうまくいかないというわけではないからだ。だけど、人生とほんとに折り合いがつかなかった人たちは、ここに来る道を見つけてやってくる、それぞれに、天国への道がある。

ここには、バミューダ・トライアングルのある地点でループして到着したパイロットがいる。食器棚の裏を抜けてここに来た主婦たちがいるし、宇宙に位相的な歪《ゆが》みを見つけ、そこに身をねじりこんでここに来た数学者たちがいる。だから、君が下界でほんとにしあわせじゃなくて、君には認知上の深刻な問題があるといろんな人たちにいわれたら、ここに来る方法を探すといい、道を見つけたら、カードをついでに持ってきてくれないか、もうビー玉には飽きあきしたから。

訳者あとがき

エトガル・ケレットは意表をつく設定で、いきなり突拍子もない世界に飛躍してみせる。作風は身辺雑記風だったり、ファンタジックだったり、SF的だったり、聖書に材をとったりとさまざまだが、たいていの作品は日常によくある場面をスケッチするようにはじまるので、現実を下敷きにしていながらの思いもかけない展開に笑わされるし、ときには胸がキュンとなり、ときにはとことん語り手の思いとつき合いたくなる。聖書ヘブライ語にスラング、イディッシュ語やアラビア語が混じった、余分な感情表現を削《そ》いだ日常語には軽やかな諧謔《かいぎゃく》とあたたかみがある。

本書はエトガル・ケレットの初期・中期の四作品集から訳者が選んだ三十一篇からなる。巻頭に「クネレルのサマーキャンプ」を置き、『アニフ』、『クネレルのサマーキャンプ』、『キッシンジャーが恋しくて』、『パイプライン』と、作品集ごとに溯るかたちでまとめてみた。とはいえ、それぞれの物語は完全に独立しており、それぞれが一つの世界を創りだしているので、まずは奇想天外な物語を楽しんでいただきたい。
表題作「クネレルのサマーキャンプ」はケレットには珍しい中篇で、現実世界とパラレルに存在する、自殺した者だけが行き着く世界で、生前の恋人を追いもとめる男の不思議な体験を描いている。荒唐無稽だが、結末がシュールで、適度に乾いていてさわやかである。それに、生者の世界にも通ずる、偽善者めいた生き方にモノ申したい風情や、なぜ死ぬのか、なぜ死を選ぶのか、自殺にいたるさまざまな要因にも言及している。かつて、ケレットと組んでグラフィック・ノベル *Streets of Rage* を出したイラストレーターのアサフ・ハヌカが、「クネレルのサマーキャンプ」に共感し、ケレットにコラボを申し出てグラフィック・ノベル *Pizzeria Kamikaze* になり（このグラフィック・ノベルも秀逸である）、英語版が出るとアイズナー賞にノミネートされた。映画 Wrist Cutters-A Love Story にも翻案され、サンダンス映画祭ほかでいくつか受賞している。ちなみに、アサフ・ハヌカが双子の兄と描いたコミックス *Le Divin* は、二〇一六年に第九回国際漫画賞を受賞、ハヌカは授賞式に来日した。

本書には、ケレットらしい中篇や掌篇の妙味のほかに、人間性の本質的な部分への希求、自由を奪われて未来に希望を抱けない人々の自己存在への疑いや「出口なし」感、それでもなおかつの、やさしさやあたたかみを求める姿が見え隠れしている。死への想念も目立つ。兵役時に綴った作品を含む『パイプライン』以来、ケレットは戦争やテロによる死のみならず、自死や病死を含めた「死」を追いつづけているようでもある。それは、閉塞状態にある現在のわれわれにも通じるところがある。『あの素晴らしき七年』の訳者秋元孝文氏が「本書およびケレットをイスラエルの作品や作家としてだけ読むのは、おそらくあまり豊かな読み方ではない。未知の世界を訪問するというよりはむしろ、今ここと地続きの世界として読む方が、たぶんいい。それこそが本書が世界各国で読まれている理由でもあろう」とあとがきに記しているように、ケレットが描くふつうの人々の思いは普遍的で、われわれも隣人の思いのように、自分の思いのように感じ、新たな視点に気づかされたりする。

エトガル・ケレットは一九六七年、第三次中東戦争の年にテルアビブで生まれた。両親はともにホロコーストを生き延びていて、エトガルはいわゆる「ホロコースト第二世代」にあたる。ホロコーストの体験を親が語る、語らないにかかわりなく、「第二世代」は親たちの不条理な体験の影響を大なり小なり受けて育つ。そうした「第二世代」を描いた作品には、ナヴァ・セメルの『ガラスの帽子——第二世代の物語集』(Kova Zchuchit)や、アミール・グトフロインドの『ぼくたちのホロコースト』(Shoah Shelanu)ほかがある。エトガルの両親は物心ともに餓えていた恐怖のときを、親が語り聞かせてくれる物語で心の餓えだけはしのいだという。エトガルも幼児期には父母の語る物語を聞いて育ったと語っている。『ヘブライ文学レキシコン』には、〈子どものころ、泣いたり、痛いといったりするのを我慢した、つらい思いをしてきた両親を自分のせいでかなしませたくなかったし、両親がなめた経験や痛みは、ぼくのかなしみとは較べようがない。ぼくは生そのものからの「隠れ場」を求めて書きはじめた、とインタビューの一つで語っている〉とある。

そして、中東紛争の当事国にいると戦争やテロによる死に遭《あ》うことも多い。イスラエルでは高校卒業から男子三年、女子二年の兵役義務がある。兵役による個の疎外や自由の束縛、死との対峙は十八歳ではきつい。本書には戦争によらない死、たとえば「死んじゃえばいい」の両親の、どうやら交通事故による死、「ラビンが死んだ」のペットの轢死《れきし》があり、ほかにも自死の方法としての「パイプ」、死にたくても死ねない苦しみを抱く「善意の標的」、まさにドンピシャリの死後の世界を描いた「クネレルのサマーキャンプ」、独創性を否定された若者の苦悩を描いた「物語のかたちをした考え」と、通奏低音のように死がひびいてくる。自身の分身を殺してしまう「君の男」はエドガー・アラン・ポーの「ウィリアム・ウィルソン」に似ているが、一種の死を描きながら男であることの失敗の話で、同じ流れに「キッシンジャーが恋しくて」や「壁をとおり抜けて」がある。「キッシンジャーが恋しくて」の〈なぜ、二人とも、オレを信じようとしない〉や〈なぜ、いつもオレを試そうとする〉と心でつぶやくくだりには男のかなしさがうかがわれる。「トビアを撃つ」の不死身の犬からは、「嘘の国」(『突然ノックの音が』所収)の、不幸の塊のようなイゴールを守っている犬が想起される。もちろん、それぞれ別の犬だが、嘘から生まれた犬もトビアも実在したのではないかと思えるほど、作者の愛情があふれている。いっぽう、「地獄の滴り」からは、束の間でも死者と交流したいと思う娘のヒリヒリするような孤独が浮かびあがる。「壁をとおり抜けて」、「冷蔵庫の上の娘」、「物語のかたちをした考え」、「パイプ」や「ガザ・ブルース」の無力感や寂寥には、読む者の共感を誘う素朴さがある。そして、「でぶっちょ」はどんな状況でも、どんな相手とでも認めあえるようになった男の人生讃歌だろうか。

ところで余談だが、ケレットはテルアビブ大学に設けられた「優秀学生のための学部や学科を超えた特別奨学制度」で学んだ。これは学部や学科の制限なしに四年間勉強でき、授業料免除で生活費も支給され、努力次第で修士課程まで終えられる、特典だらけの奨学制度である。イスラエルでは通常、高校卒業（大学入学）資格試験を終えて兵役につく。ケレットは兵役終了後に奨学生試験を受けたそうだが、高校の内申書と選抜試験と各分野選りすぐりの教授五人の面接で毎年十～十五名ほどが選ばれるという。この奨学制度の卒業生には、『ぼくのレオおじさん』（学研教育出版）のヤネッツ・レヴィ、作家でロックシンガーのシモン・アダフ、マヤ・アラドなどの作家やジャーナリストのほか、言語学、数学、哲学の分野で活躍する人が多い。もうひとつ余談を記すと、イスラエルには文学賞の一つに日本の芥川賞や直木賞のように話題になるサピール賞がある。英国のマン・ブッカー賞にならった同賞は文学的栄誉だけでなく賞金額も約四万ドルとイスラエルにしては高額で、特典として受賞作を希望言語に翻訳出版してもらえる。ただし語数が六万語を超えないといけない。『アニフ』は二〇〇三年に候補になったが語数が足りなかった。端的な表現を心がけて言葉を削るケレットにとっては複雑なものがあっただろう。なお、書名の『アニフ』には「わたしはかれ」の意味があり、直接的には同書所収の「君の男」をさしている。

エトガル・ケレットは作品を執筆し、映画を製作し、テレビドラマの台本を書き、アニメやコミックスや絵本を共同制作し、大学で教え、現在はフランスでテレビドラマを手がけている。妻のシーラ・ゲフェンと共同監督した「ジェリーフィッシュ」は二〇〇七年のカンヌ映画祭でカメラドールを受賞。シーラは映画製作のかたわら絵本も書いている。政治的には夫婦ともに左派で、政権があまりに行き過ぎると新聞に寄稿して批判するという。

エトガル・ケレットの全作品を以下に挙げる。

○**צינורות**（Tzinorot）, *Pipelines*（stories）, 1992/2002
○**געגועי לקיסינג'ר**（Ga'aguay Le-Kissinjer）, *Missing Kissinger*（stories）, 1994
○**לא באנו להנות**（Lo Banu Lehenot）, *Nobody Said it Was Going to Be Fun*（graphic novels）, with Rutu Modan, 1996
○**סמטאות הזעם**（Simta'ot Ha-Za'am）, *Streets of Rage*（graphic novels）, with Assaf Hanuka, 1997
○**הקייטנה של קנלר**（Ha-Kaytana Shel Kneller）, *Kneller's Happy Campers*（novella & stories）, 1998
○**אבא בורח עם הקרקס**（Aba Bore'ach Im Ha-Kirkas）, *Dad Runs Away With The Circus*（children）, 2000
○**אניהו**（Anihu）, *Cheap Moon*（stories）, 2002
○**פיצריה קמיקזה**（Pizzeria Kamikaze）, *Pizzeria Kamikaze*（graphic novels）, with Assaf Hanuka, 2004
○**לילה בלי ירח**（Layla Bli Yare'ach）, *Moonless Night*（children）, with Shira Geffen, 2006
○**פתאום דפיקה בדלת**（Pit'om Dfika Ba-Delet）, *Suddenly, a Knock on the Door*（stories）, 2010
○*The Seven Good Years*（memoir）, English manuscript

○גור חתול אדם ארוך שער (Gur Chatul Adam Aroch Se'ar), *Long Haired Cat-Boy Cub* (children), 2013
○לשבור את החזיר (Lishbor Et Ha-Chazir), *Breaking the Pig* (children), 2015
○הממלכה הקטנטנה (Ha-Mamlacha Ha-Ktantana), *The Teeny-Tiny Kingdom* (children), 2017
○תקלה בקצה הגלקסיה (Takala Be-Ktze Ha-Galaksia), *Fly Already* (stories), 2018

作品は四十二言語に翻訳出版されている。なお、ヘブライ語版と同名の英語版があるが、英語版はヘブライ語版からランダムに選ばれて編まれていることをお断りしておく。

邦訳は雑誌掲載も含めて以下のとおりである。

『パパがサーカスと行っちゃった』ルートゥー・モダン絵、久山太市訳、評論社、二〇〇五年
『突然ノックの音が』母袋夏生訳、新潮社、二〇一五年
『あの素晴らしき七年』秋元孝文訳、新潮社、二〇一六年
「創作」母袋夏生訳、「父の足あと」秋元孝文訳、『新潮』二〇一四年三月号
「パイプ」「若き作家の肖像」「公園の遊び場での対決」「イスラエルにある別の戦争」秋元孝文訳、『早稲田文学』二〇一四年冬号
「ハッピーエンディングな話を聞かせてくれよ」（サイイド・カシューアとの往復書簡）秋元孝文訳、『早稲田文学』二〇一五年夏号
「ブタを割る」「靴」岸本佐知子編訳、『コドモノセカイ』河出書房新社、二〇一五年

「ヒエトカゲ」秋元孝文訳、『すばる』二〇一七年二月号
「犬とエスキモー　エトガル・ケレット、日本からの視察団と語る」秋元孝文構成・訳、『新潮』二〇一八年一二月号

本二〇一八年に刊行されたTakala Be-Ktze Ha-Galaksia（銀河の端のグリッチ）は人間の機微をユーモアを込めて鋭く描いた掌篇集で、評判は上々である。

二十年ほど前からケレットの作品を読んできたが、初期・中期の作品をこうしてまとめて紹介でき、ユーモアと諧謔に満ちた作品群を読者の方々と共有できてうれしい。

なお、「外国語」に出てくるハンガリー語の歌詞については、ハンガリー語翻訳家の粂栄美子さんに教えていただきました。ありがとうございます。訳者の質問に丁寧に応えてくれた著者のエトガル・ケレット、翻訳を助けてくれた友人のダリア・イスラエリ、エフラット町川に感謝します。作品集の企画と訳稿を見いだして、過密なスケジュールを調整し、的確な助言を惜しまずに伴走してくださった編集部の島田和俊さんに御礼申しあげます。

二〇一八年一一月

母袋夏生

収録作品一覧

長子の災い（Plague of the Firstborn）
パイプ（Pipes）
from צנורות/*Pipelines*（1992/2002）

ぼくの親友（My Best Friend）
アブラム・カダブラム（Abram Cadabram）
死んじゃえばいい（Hope They Die）
善意の標的（Good Intentions）
壁をとおり抜けて（Through Walls）
靴（Shoes）
点滴薬（Drops）
ガザ・ブルース（Gaza Blues）
冷蔵庫の上の娘（The Girl on the Refrigerator）
外国語（Foreign Language）
キッシンジャーが恋しくて（Missing Kissinger）
壁の穴（Hole in the Wall）
絵（Painting）
from געגועי לקיסינג'ר/ *Missing Kissinger*（1994）

クネレルのサマーキャンプ（Kneller's Happy Campers）
神になりたかったバスの運転手の話（The Story about a Bus Driver Who Wantede to Be God）
子宮（Uterus）
地獄の滴り（A Souvenir of Hell）
from הקייטנה של קנלר/ *Kneller's Happy Campers*（1998）

物語のかたちをした考え（A Thought in the Shape of a Story）
ラビンが死んだ（Rabin's Dead）
君の男（Your Man）
アングル（Angle）
ジェットラグ（Jetlag）
最後の話、それでおしまい（One Last Story and That's It）
トビアを撃つ（Shooting Tuvia）
でぶっちょ（Fatso）
赤子（Baby）
びん（Bottle）
きらきらぴかぴかの目（Glittery Eyes）
シュリキ（Shriki）
from אניהו/ *Cheap Moon*（2002）

著者略歴

エトガル・ケレット

אתגר קרת（Etgar Keret）

1967年イスラエル・テルアビブ生まれ。両親はともにホロコーストの体験者。兵役中に小説を書き始め、短篇集『パイプライン』（1992）でデビュー。短篇集『キッシンジャーが恋しくて』（1994）で英語圏でも人気を集め、『突然ノックの音が』（2010）はフランク・オコナー国際短篇賞の最終候補となる。ほかに、短篇集『アニフ』（2002）、エッセイ集『あの素晴らしき七年』、「クネレルのサマーキャンプ」を原作としたグラフィック・ノベル『ピッツェリア・カミカゼ』（作画＝アサフ・ハヌカ、2004）など。作品はこれまでに世界40か国以上で翻訳されている。絵本やグラフィック・ノベルの原作を執筆するほか、映像作家としても活躍。2007年には『ジェリーフィッシュ』で妻のシーラ・ゲフェンとともにカンヌ映画祭カメラドール（新人監督賞）を受賞している。テルアビブ在住。

訳者略歴

母袋夏生（もたい・なつう）

長野県生まれ。ヘブライ語翻訳家。訳書に、E・ケレット『突然ノックの音が』（新潮社）、U・オルレブ『壁のむこうから来た男』（産経児童出版文化賞受賞、岩波書店）、A・B・イェホシュア『エルサレムの秋』（河出書房新社）、T・シェム＝トヴ『父さんの手紙はぜんぶおぼえた』（岩波書店）、『お静かに、父が昼寝しております　ユダヤの民話』（岩波書店）など。1998年、ヘブライ文学翻訳奨励賞受賞。

クネレルのサマーキャンプ

2018年11月20日　初版印刷
2018年11月30日　初版発行

著　者　エトガル・ケレット
訳　者　母袋夏生
装　丁　川名潤
装　画　鈴木剛
発行者　小野寺優
発行所　株式会社河出書房新社
〒151-0051　東京都渋谷区千駄ヶ谷2-32-2
電話　(03) 3404-1201〔営業〕(03) 3404-8611〔編集〕
http://www.kawade.co.jp/

組版　株式会社創都
印刷　モリモト印刷株式会社
製本　小泉製本株式会社

Printed in Japan
ISBN978-4-309-20759-9

河出書房新社の海外文芸書

河出文庫の海外文芸書

服従

ミシェル・ウエルベック　大塚桃訳

2022年フランス大統領選で同時多発テロ発生。極右国民戦線のマリーヌ・ルペンと、穏健イスラーム政党党首が決選投票に挑む。世界の激動を予言したベストセラー。

闘争領域の拡大

ミシェル・ウエルベック　中村佳子訳

自由の名の下に、人々が闘争を繰り広げていく現代社会。愛を得られぬ若者二人が出口のない欲望の迷路に陥っていく。現実と欲望の間で引き裂かれる人間の矛盾を真正面から描く著者の小説第一作。

プラットフォーム

ミシェル・ウエルベック　中村佳子訳

なぜ人生に熱くなれないのだろう？　――圧倒的な虚無を抱えた「僕」は、旅先のタイで出会った女性と恋におちる。パリへ帰国し、二人は売春ツアーを企画するが……。愛と絶望を描くスキャンダラスな長篇作。

ある島の可能性

ミシェル・ウエルベック　中村佳子訳

辛口コメディアンのダニエルはカルト教団に遺伝子を託す。二千年後ユーモアや性愛の失われた世界で生き続けるネオ・ヒューマンたち。現代と未来が交互に語られるSF的長篇。